[新概念阅读书坊]

培养了不起男孩的

PEIYANG LIAOBUQI NANHAI DE GUSHI QUANJI

故事全集

主编◎崔钟雷

吉林美术出版社

图书在版编目（CIP）数据

　　培养了不起男孩的故事全集 / 崔钟雷主编 . —长春：
吉林美术出版社，2011.1（2023.6 重印）
　　（新概念阅读书坊）
　　ISBN 978-7-5386-5039-6

　　Ⅰ . ①培… 　Ⅱ . ①崔… 　Ⅲ . ①故事 – 作品集 – 世界
Ⅳ . ① I14

中国版本图书馆 CIP 数据核字（2010）第 255527 号

培养了不起男孩的故事全集

PEIYANG LIAOBUQI NANHAI DE GUSHI QUANJI

出 版 人　华　鹏
策　 划　钟　雷
主　 编　崔钟雷
副 主 编　刘　超　那兰兰
责任编辑　栾　云
开　 本　700mm×1000mm　1/16
印　 张　10
字　 数　120 千字
版　 次　2011 年 1 月第 1 版
印　 次　2023 年 6 月第 4 次印刷
出版发行　吉林美术出版社
地　 址　长春市净月开发区福祉大路 5788 号
　　　　　邮编：130118
网　 址　www.jlmspress.com
印　 刷　北京一鑫印务有限责任公司
书　 号　ISBN 978-7-5386-5039-6
定　 价　39.80 元

前言 *Foreword*

　　阅读是一段开启心智的历程，阅读是一种与书籍对话的方式，阅读是一盏点亮灵魂的明灯！人们常说"开卷有益"，只要认真去阅读，用心去体会，就会从书籍中获取丰富的知识，获得源源不绝的力量！

　　为了开阔您的阅读视野，我们精心编纂了本套"新概念阅读书坊"系列丛书。阅读是一种自我充实的过程，读什么和怎样读都显得颇为重要，而我们的意旨在于为您提供一种全新阅读方式的可能！

　　本套丛书内容涵盖面广，设计新颖独到，优美的文章，精致的图片以及全新的阅读理念，必将呈现给您一场独特的阅读盛宴，愿您在享受这段新奇的阅读历程时，也会将之视为开启您阅读之门的钥匙，走进阅读的美好世界……

目录

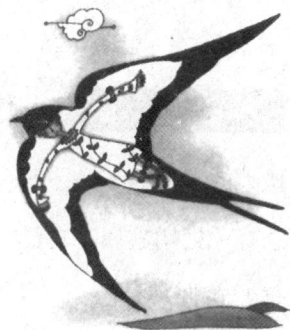

第二章　每天成功1%

阳光的味道

台阶的本义是一级一级的
构建物，是为了方便人行走而修建的。
其实，我们的精神生活中也
时刻需要这样的台阶，我们如果注意给他人
也给自己修建这样的台阶，你会发现
生活一下子轻松美好起来。

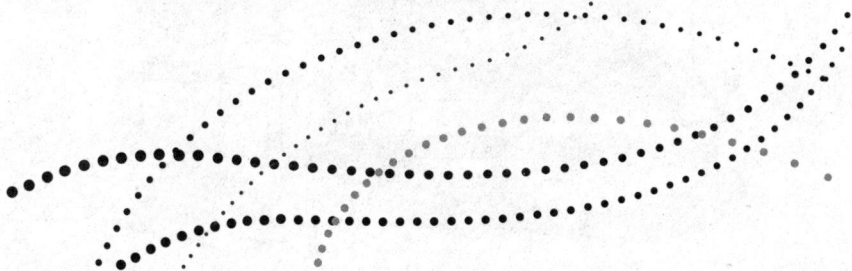

台　阶

鲁先圣

　　一位禅师晚上到院子里散步，当走到墙角边的时候，他发现平时很平整的地面上多了一块石头。他立刻明白是他那个总是不守规矩的徒弟违反寺规爬到墙外去玩乐了。这在寺院是件很严重的事，徒弟要么被禁闭一年，要么被勒令出寺，或者被杖击一百。禅师很气愤，但是当他正要喊其他人来的时候却突然停住了。他想也许有更有效的方法，既可以惩罚徒弟，又可以让他从此不会再触犯寺规。

　　禅师没有离开。他就坐在那块石头上等徒弟归来。半夜时分，徒弟回来了。徒弟摸着黑从墙外翻进来，双脚正好踩在禅师的肩膀上。禅师把惊魂未定的徒弟轻轻放下，对他说："天这么晚了，快回去睡觉吧。"

徒弟无地自容地低着头走了，禅师没有告诉任何人。第二天，徒弟见到禅师的时候满脸羞愧，禅师的脸上却一如平常，就像什么事情也没有发生过一样。

故事的结尾是这样的：禅师这位原来总不潜心修炼的徒弟，从此成为寺院里最刻苦用功的人。当禅师故去的时候，这位徒弟接替师父的位置成为寺院的住持。

其实，重要的倒不是徒弟成为住持，而是禅师给徒弟的那个台阶。我们在生活当中几乎无时无刻不面临台阶的问题。邻居的孩子考的学校不如自己孩子考得好，坐到一起怎么说呢？如果你说：你的孩子那个专业好，将来工作没有问题。这就是给邻居一个台阶下，让邻居也感觉有了一些面子。一个总是不好意思张口的朋友遇到了难处，你想借给他钱帮助他渡过难关，如果你说：我这些钱放在家里用不着，闲着也是闲着。这会让朋友不好意思的心多一分宽慰。同样，你自己在一个事情上没有处理好，你如果这样想：不要紧，我还有机会的，下一次一定把握住。这个台阶会使自己的心情由失望变得充满希望。

台阶的本义是一级一级的构建物，是为了方便人行走而修建的。其实，我们的精神生活中也时刻需要这样的台阶，我们如果注意给他人也给自己修建这样的台阶，你会发现生活一下子轻松美好起来。

💡 心得便利贴

一个人的成功往往需要他人的鼓励、引导，可以是一句话语、一个动作，甚至是一个眼神。给他人一个台阶，成就了别人，快乐了自己，何乐而不为呢？

第一声喝彩

秦文君

我家附近有户带院子的普通住家，她家的院子里种满了花，有时女主人就采些花插在一个水桶里放在门口出售。我曾在那儿买过红色的康乃馨、黄色的玫瑰。每当她把花束递过来时，我都能看见她那双粗糙的手。

一天黄昏，我路过那儿，看见院子里有两株玫瑰开得实在灿烂。它们的花瓣红得像火焰，我指着它们说想要。女主人摇摇头，说每年最好的两朵玫瑰她要采摘下来寄给远方的两个女儿。女主人的丈夫是个老实巴交的人，他絮絮叨叨地埋怨妻子太落伍，认为还不如卖掉实惠，寄一包玫瑰花瓣给女儿毫无意义。可女主人执拗地摇摇头，眼里闪过与她年龄不相称的羞怯。

翌日清早，我又路过那个鲜花盛开的院子，女主人正守着那两朵绝艳的红玫瑰，一脸的慈爱，那种真情流露有一种晶莹剔透的美丽。我忍不住告诉她：我被感动了，我正在心里为她喝彩。

女主人很吃惊，微微开启的唇却没有说出一个字，连老花镜滑下来也没发现。然后，她再见到我时，眼里充满亲切的神情。有一次她一定要送我一束黄玫瑰，说："从来没人这么说过我。"我回家把玫瑰数了数，一共10朵，我把其中的一朵送给楼下的漂亮女孩，剩余9朵插入花瓶。那9朵玫瑰代表着我内心的企盼：让我们每个人的生活中都有地久天长的喝彩声。

记得我念初中时有过一个同桌，她牙齿长歪了，说话爱像男生一样

骂骂咧咧的，打蚊子像拍手鼓掌一样噼啪作响。我不喜欢她的粗鲁，我们两个有过相互肩碰肩坐着却一连半个月没开口说话的纪录。

在一次作文比赛中，我的一篇精心之作没评上奖，我为此心灰意冷，带着一种挫折感把那篇作文撕成碎片。这时，我那位假小子同桌忽然发出愤怒的声音，她说那篇作文写得很棒，谁撕它谁是有眼无珠。

她其实是在为我喝彩。那是我写作生涯中的第一位喝彩者，那一声叫好等于是拉了我一把，记得当时我流出了眼泪。

那位同桌后来仍然不改好战的脾气，我俩也时常有口角，相互挑战，耿耿于怀。然而我至今记得这个人，因为她的第一声喝彩就像一瓢生命之水，使我心中差点枯萎的理想种子重新发芽、开花、结果。而且，当我回首往事时，都会遗憾当时为何不待她更温和一些，因为她是我生活中的一道明媚的阳光。

心得便利贴

　　人生总会有太多的不如意，太多的不公平。自怨自艾只能让自己更加沉沦，自暴自弃只能使自己更加无助。坚强去面对是雨中毅然挺拔的青草，别人的鼓励是寒冬中的雪中送炭。跌倒时握住伸出的援手，擦干泪，前方不再那么迷茫。

人生的抉择

赵　辉

周国平先生讲过一个这样的故事。

一个农民从洪水中救起了他的妻子，他的孩子却被淹死了。事后，人们议论纷纷。有人说他做得对，因为孩子可以再生一个，妻子却不能死而复活；有人说他做错了，因为妻子可以另娶一个，孩子却不能死而复生。

哲学家听说了这个故事，也感到疑惑难解，就去问农民。农民告诉哲学家，他救人时什么也没想。洪水袭来，妻子在他身边，他抓起妻子就往山坡上游。待返回时，孩子已被洪水冲走了。

读到这个故事时，我被这个农民打动了，我从内心深处佩服这个农民。

这个农民没有文化，也不懂哲学，更不懂人生的抉择一类的命题。当洪水袭来时，他没有去考虑如何抉择的问题，他只是知道要赶快救人。救人就不能舍近求远，只能是尽己之力把处于危险中的人救到山坡上。

这个农民如果进行了一番抉择的话，事情的结果会是什么样呢？

洪水袭来了，妻子和孩子被卷

进漩涡，片刻之间就要没了性命，而这个农民还在山坡上进行抉择——是救妻子重要呢，还是救孩子重要呢？

我想，也许等不到农民继续往下想，洪水就把他的妻子和孩子都冲走了。

在生活当中，有许多时候，我们并没有机会和时间进行抉择。

有人总喜欢在做一件事情之前再三权衡利弊，犹犹豫豫，举棋不定。结果，等到想好了去做时，早已时过境迁，机会已经没有了。

把眼前的机会抓住，这是至关重要的。最靠近你的机会就是最重要的和最迫切的。把眼前的机会抓住了，就等于把一切机会都抓住了。因为，过去的机会已不复存在，而未来的机会总是要一步一步才来到你身边的。没有到来之前，你即使绞尽脑汁，也是徒劳枉然。

人生的抉择是最困难的，也是最简单的：困难在于你总是把抉择当作抉择，简单在于你别去考虑抉择的问题，只是动手去做。

人生的抉择，一直困扰着无数的文化人。令人深思的是，这个没文化的农民，可以做我们这些文化人的导师。

心得便利贴

人生中没有那么多可供选择的机会，也没有那么多让你考虑的时间，虽然人生的抉择是困难的，但也是简单的，关键取决于你的心态。有的时候，凭本能作出的决定或许就是最佳的抉择。

最优秀的人就是你自己

詹　磊

有这样一个古老而动人的故事：

古希腊的大哲学家苏格拉底在临终前有一个很大的遗憾，就是陪伴他多年的得力助手，居然用了半年多的时间都没能给他寻找到一位最优秀的关门弟子。

在风烛残年之际，苏格拉底知道自己已时日不多，就想考验和点化一下身边那位颇有才气的助手。于是，他便把那位助手叫到床前说："我的蜡烛所剩不多了，得找另一根蜡烛接着点下去，你明白我的意思吗？"

"明白。"那位助手马上就心领神会，"您的思想需要很好地传递下去……"

"可是，"苏格拉底慢悠悠地说，"我需要一位最优秀的继承者，他不但要有相当的智慧，还必须有充分的信心和非凡的勇气……这样的人选目前我还未发现，你帮我物色一位吧。"

"好的。"助手说，"我一定会竭尽全力去寻找，不辜负您对我的栽培和信任。"

苏格拉底笑了笑，没再说什么。

那位忠诚而勤奋的助手，不辞辛劳地开始通过各种渠道四处物色人选。可他领来的许多人，苏格拉底都表示不满意。有一次，当那位助手再次无功而返、回到苏格拉底面前时，苏格拉底爱惜地抚摸着那位助手的肩膀说："真是辛苦你了，不过，你找来的那些人，其实都不如你。"

"我一定加倍努力，"助手立刻言辞恳切地说，"就是找遍世界，我也要把最优秀的人挖掘出来，举荐给您。"苏格拉底笑了笑，没再说什么。

半年之后，眼看苏格拉底就要告别人世，但最优秀的人选还是没有着落。在苏格拉底弥留之际，助手非常惭愧，泪流满面地坐在大师床边，语气沉重地说："真对不起您，我令您失望了。"

"失望的是我，对不起的却是你自己，"苏格拉底说到这里，很失望地闭上眼睛，停顿了许久，失望地说，"本来，最优秀的人就是你自己，只是你不敢相信自己，才把自己给忽略、耽误了……其实，每个人都是最优秀的，差别就在于如何认识自己，如何发掘和重用自己……"一代哲人忍不住掩面叹息。没多久，他便永远地离开了自己曾经深切关注着的这个世界。

那位助手非常后悔，甚至整个后半生都处在自责中。

心得便利贴

敢于相信自己，肯定自身的价值，才能挖掘出自身的潜能。相信自己，未来虽有风雨，终能看见彩虹；相信自己，前途虽有坎坷，终能踏上成功之路。

生命中的大石块

钟 远

一天，时间管理专家为一群商学院的学生讲课。

"我们来做个小测验。"

专家拿出一个一加仑的广口瓶放在桌上，随后，他取出一堆拳头大小的石块，把它们一块块地放进瓶子里，直到石头高出瓶口再也放不下了，他问："瓶子满了吗?"

学生们应道："满了。"

专家一笑，从桌下取出一桶更小的砾石倒了一些进去，并敲击玻璃壁使砾石填满石块间的缝隙，他问："现在瓶子满了吗?"

这一次有些学生变聪明了，"可能还没有。"

专家说："很好。"

他伸手从桌下又拿出一桶沙子，把沙子慢慢倒进玻璃瓶，沙子填满了石块的所有间隙。他又一次问学生："瓶子满了吗？"

学生们大声说："没满。"

专家点了点头，拿来一壶水倒进玻璃瓶，直到水面与瓶口齐平。他望着学生，问："这个例子说明了什么？"

一个学生举手发言："它告诉我们，无论你已经把工作、学习安排得多么紧凑，如果你再加把劲儿，还可以干更多的事！"

"不。"专家说，"那还不是它的寓意所在。这个例子告诉我们，如果你不先把大石块放进瓶子里，那么你就再也无法把它放进去了。那么，什么才是你生命中的'大石块'呢？你的信仰、学识、梦想，或是和我一样，传道、授业、解惑。切记先去处理这些'大石块'，否则你就会终身错过那些最重要的东西。"

心得便利贴

我们生活在这个世界上，必须弄明白自己生命中最重要、最在乎的是什么，分清主次轻重，才能合理地确定目标并投入全部的精力为之奋斗，进而成就梦想。

规则的美丽

吴志翔

　　那是一个傍晚，我们乘着一辆车，从澳大利亚的墨尔本出发，往南端的菲律普岛赶。菲律普岛是澳洲著名的企鹅岛，我们去那儿看企鹅归巢的美景。

　　从车子上的收音机里，我们知道，这个岛上正在举办一场大规模的摩托车赛。司机和导游是中国人，听到这个消息后都显得忧心忡忡。因为根据估计，在我们到达企鹅岛之前约一个小时，这场大规模的摩托车赛就要结束。根据我们的经验，到时候，观众散场，会有成千上万辆的汽车往墨尔本方向开。因为这条路只有两条车道，所以我们都担心会塞车，而真正可以看到企鹅归巢的时间只不过短短半小时，如果因塞车而耽误了时间，我们就会留下永久的遗憾了。

　　司机加快了车速，虽然时值傍晚，夕阳如血，南半球高纬度地区宽阔的海天之间，云彩无比迷人，可是我们都没有心情欣赏，只是担心着一个问题：会不会塞车？会不会因此与美丽的企鹅失之交臂？

　　担心的时刻终于来了。离企鹅岛还有六十多千米时，对面大批车辆蜂拥而来。其中有汽车，还有无数的摩托车。那可是一些特别爱炫耀自己车技的摩托车迷啊！他们戴着头盔，一副耀武扬威的样子。

　　此时此刻，目力所及，从北往南开的车只有我们一辆，可是由南向北的却何止千辆！我们都紧张地盯着所有从对面来的车辆。然而，出乎我们意料的是，我们双方的车子却依然行驶得非常顺畅。

　　我们终于注意到，对面驶来的所有车辆，没有一辆越过中线！

　　这是一个左右极不"平衡"的车道，一边是光光的道路，一边是密密麻麻的车子。然而没有一个"聪明人"试图去破坏这样的秩序，要知道这里是荒凉的澳洲最南端，没有警察，也没有监视器，有的只是车道中间的一道白线，看起来毫无约束力的白线。这种"失衡"的图景在视觉上似乎丝毫没有美感可言，可是我却渐渐地受到了一种感动。

　　夜幕降临了，所有的车都打开了车灯。看着那来自对面一侧的流动灯光，我感觉到了一种无言的美。我必须说，那是我平生所见过的最美丽的景观之一，它给我留下的印象，甚至要比后来我们如愿看到的场景——暮色之中，可爱的、憨态可掬的小企鹅从海浪里浮现出来，然后摇摇摆摆地踏上沙滩，一路追逐着回到沙丘巢穴还要深刻。因为，我从那条流淌的车灯之河中看到了规则之美、制度之美，以及人性之美。

心得便利贴

　　生活中，人们的行为受到规则的制约。当道德对人们的行为感到无能为力时，规则便发挥作用。"无规矩，不成方圆。"遵守规则，你会受到他人的尊重，留下灵魂的余香。

智慧的美

虹　莲

那天晚上看王小丫的《开心辞典》，我流了泪。

这不是一个煽情的节目，大凡都是不再爱琼瑶阿姨和金庸大侠的人才会喜欢，因为有一种真实和聪明在里面，还有那份期待和紧张。

是那个人感动了我。他的家庭梦想都是为别人，几乎没有自己的一件东西。他有个妹妹在加拿大，妹妹有电脑没有打印机，于是他想得到一台打印机给远在加拿大的妹妹。王小丫问："那你怎么给妹妹送去？"他说："我再要两张去加拿大的往返机票啊，让我的父母去送，他们太想女儿了。"听到这儿，我就有些感动，作为儿子，他是孝顺的，作为兄长，他是体贴的，这是多好的一个男人啊。

主持人也很感动，她问："那你为什么还要一台电脑给你父母？"他说："因为父母很思念远在万里之外的妹妹，所以，我要给他们一台电脑，让他们发邮件给她，也让妹妹把思念寄回家。"

这就是他的家庭梦想，几乎全为了家人。主持人问："有把握吗？"他笑着："当然。"因为要答 12 道题，而每一道题几乎都机关重重，要到达顶点何其容易？答到第六题时他显得很茫然，这时他使用了第一条求助热线，让现场观众帮助他。结果他幸运地通过了，但他很平静，甚至有些沮丧。主持人很奇怪，因为要是别的选手早就欢呼雀跃了，为什么他这样平静？他答："我觉得很不好意思，为什么那么多人都会这道题而我不会。"这时我开始有点欣赏他了，这是何等冷静而自信的一个男人啊。

问答依然在继续，悬念也就越来越大了，人们也越来越紧张。到最后一题时，我手心里的汗几乎都出来了，好像我是那个盼着得到一台打印机、两张往返加拿大机票和一台电脑的人。仅仅为了他的孝顺和对妹妹的宠爱，也应该让他答对吧。

最后一题出来了。居然是6选1，而又是有关水资源的。

他静静地看着这道题，好久没有说话，他的父母也坐在台下，紧张地看着他，而主持人也好像恨不得生出特异功能把答案告诉他。

这时他使用了最后一条求助热线。把电话打给了远在加拿大的妹妹。

电话接通了，他却久久不说话，对面的妹妹着急了，哥，快说呀，要不来不及了。因为只有30秒的时间，王小丫也着急了："快说吧，不要浪费时间了，这是你最后的机会了！"

他沉默了一会儿，说了："妹妹，你想念咱爸咱妈吗？"妹妹说："当然想。"坐在电视机前的我着急了，天啊，这是什么时候了，怎么还儿女情长的，难道他要放弃自己最后的圆满吗？我几乎都要生气了，怎么能有这样冷静的人啊？怎么还说这些不着边际的话？

他又说了："那让咱爸咱妈去看你好吗？"妹妹说："那太好了，真的吗？"他点头，很自信地说："是的，你的愿望马上就能实现了。"然

后时间到，电话断了。

天啊，我一下子明白了，这道题他根本就会，答案早就胸有成竹！他只是想给妹妹打个电话，只是想把成功的喜悦让妹妹分享！

我的眼泪唰一下流了出来，为他的智慧，为他超乎常人的冷静和美丽。

果然他轻易地说出了答案，我看出了王小丫的感动和难言，王小丫说，从来没有像你这样的选手。

而在台下的父母，眼角也悄悄地湿了。

我一直以为只有"情"是美丽的，比如爱情、亲情、友情，从来没有想到，智慧也会如此美丽。它让我们已渐渐麻木的心灵，在这个美好而机智的晚上，轻舞飞扬。

心得便利贴

爱点燃了智慧，并将人性中的真善美发掘到极致，表面看似平静而简单，实则充满了火热的情怀和纯正的情感，它浸透人的心，充满了一种凝滞不动且亘古不变的浓情蜜意。

公正是最大的动力

一　冰

詹姆斯是20世纪初的一位经济学家，有段时间他在研究企业激发员工最大的动力是什么。走访了一些企业，发现大多数企业都把薪酬作为激发员工的第一动力，对那些能力大的、业绩突出的人才施以重金奖励。还有少数的企业管理者除对员工进行特殊奖励外，还进行花样百出的精神奖励。但人人都不否认，薪水应该是最大的动力。

就在詹姆斯要进行论文写作时，他应邀到一家企业去讲学，遇到了一个熟人。这位熟人原来在另一家著名的企业工作，但不知怎么却到了这里，一定是这里用重金把他挖来的。詹姆斯因为经常跟企业打交道，所以认识很多人才。这些人才在企业之间跳来跳去，他见得多了。

不料，在与这位熟人的交流中，当他得知这里的薪水只相当于那家著名企业的1/3时，不由大吃了一惊。问起跳槽的原因，熟人很愉快地说："因为这里更公正！"他解释说，他到过很多企业，看到过很多庸庸碌碌的人，他们居于高位，对那些有才干的人指手画脚。那些有才干的人一开始也许是为了生存而姑息迁就，时间一长心中就会愤愤不平：为什么他什么也不会，却比我拿的薪水多？为什么我们干的一样多，他却比我拿的多？他的能力不如我，为什么跟我享受一样的待遇？为什么我要养活那些无知的家伙……诸如此类的不公正就会消磨掉人才的斗志，或者促使人才离开。

听了他的话，詹姆斯有一种豁然开朗的感觉。回去后他就写出了一本轰动世界、流传很广的书——《公正是最大的动力》。在书中他这样写道：公正是人类社会发展进步的保证和目标。公正是对人格的尊重，可以使一个人最大限度地释放自己的能量。不公正则是对心灵的一种践踏，是对文明的一种挑衅，是对社会的一种罪行。所以坚持公正的管理和处世原则，是每一个人都要履行的责任和义务！

心得便利贴

公平是社会的基本法则，也是维护人与人关系平衡的支点。在社会交往中，我们要努力寻求和维护这一原则，这是对人权的重视，对人格的尊重，只有在公正的原则下，人们才有可能发挥自己的最大潜力，取得卓越的成就。

智者的四句箴言

曾奇峰

一位 16 岁的少年去拜访一位年长的智者。

他问:"我如何才能变成一个自己愉快、也能够给别人愉快的人呢?"

智者说:"我送给你四句话。第一句话是,把自己当成别人。你能说说这句话的含义吗?"

少年回答说:"是不是说,在我感到痛苦忧伤的时候,就把自己当成是别人,这样痛苦就自然减轻了;当我欣喜若狂之时,把自己当成别人,那些狂喜也会变得平和中正一些?"

智者微微点头,接着说:"第二句话,把别人当成自己。"

少年沉思一会儿,说:"这样就可以真正同情别人的不幸,理解别人的需求,而且在别人需要的时候给予恰当的帮助。"

智者两眼发光,继续说道:"第三句话,把别人当成别人。"

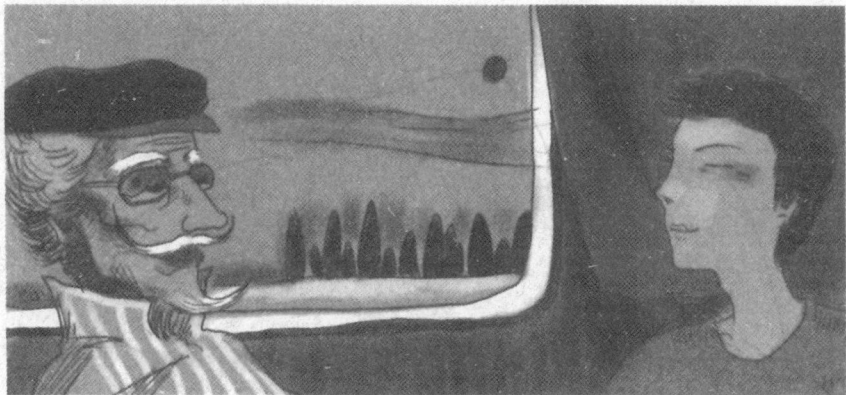

少年说："这句话的意思是不是说，要充分地尊重每个人的独立性，在任何情形下都不可侵犯他人的核心领地？"

智者哈哈大笑，说："第四句话是，把自己当成自己。这句话理解起来太难了，留着你以后慢慢品味吧。"

少年说："这句话的含义，我是一时体会不出。但这四句话之间有许多矛盾之处，我用什么才能把它们统一起来呢？"

智者说："很简单，用一生的时间和经历。"

后来少年变成了壮年人，又变成了老人。再后来在他离开这个世界很久以后，人们都还时时提到他的名字。人们都说他是一位智者，因为他是一个愉快的人，而且也给每一个见过他的人带来了愉快。

心得便利贴

能够不去追求金钱、名誉等身外之物，一心只想给自己和别人带来愉悦的人是聪明的人。如他再能够将心比心，尊重他人并且善待自己，那么他就已经具备人际交往的所有智慧了，也不负"智者"二字。

关键时刻

刘俊成　译

　　从前有个年轻人，箭射得非常好，他可以很随意地把一支箭射到远处的树上，然后再射另一支箭将它劈成两半。于是，他开始骄傲起来，到处吹嘘他已经超过了自己的老师。

　　一天，年轻人的老师——一位德高望重、武艺非凡的老者，要年轻人陪着他到附近的山上旅行。

　　旅途平淡无奇，后来他们走到一道裂谷边。裂谷很深，下面是湍急的河水，只有一根圆木横跨在裂谷两边。师父走到圆木中央，挽弓搭箭，一箭正中远处一棵树的中心，紧接着又是一箭，将树上的箭劈成两半。

"现在该你了。"师父说完走到了年轻人的旁边。

年轻人小心翼翼地走到圆木中央，心仿佛都要跳出来了。他知道，如果失足，等待他的将是死亡。他颤抖着搭起一支箭，但却发现，他根本无法把注意力集中到目标上。"嗖"的一声，箭射了出去，但连树的影子都没碰到。这时，年轻人顿觉天旋地转，不禁哭了起来。

"师父救命！"他大声呼喊着。

关键时刻，老者快步走上前去，一把抓住了年轻人的手，一步一步地把他带到了安全的地方。

在回家的路上，谁都没有说话，但是年轻人想了很多。他意识到，要想成为一个真正的射箭高手，不但要有高超的技法，更要有成熟的内心。

心得便利贴

没有人能在某一方面做到最成功，也许只能努力做得更好。所谓成功只不过是对过去人生的一种超越。骄傲、自满都会成为成功路上的绊脚石，只要不断进取、不断向前，成功就一定会在前面等着你。

动脑的结果

麦尔顿

佛瑞迪当时只有 16 岁，在暑假将至的时候，他对爸爸说："爸，我不想整个夏天都向你伸手要钱，我要找份工作。"

父亲从惊讶中恢复过来之后对佛瑞迪说："好啊，佛瑞迪，我会想办法给你找个工作，但是恐怕不容易。现在正是人浮于事的时候。"

"你没有弄清我的意思，我并不是要您给我找工作，我要自己找。还有，请不要那么消极，虽然现在人浮于事，我还是可以找到工作的。有些人总是可以找到工作的。"

"哪些人？"父亲带着怀疑问。

"那些会动脑筋的人。"儿子回答说。

佛瑞迪在"事求人"广告栏上仔细寻找，找到了一个很适合他专长的工作。

广告上说找工作的人要在第二天早上 8 点钟到达 12 街一个地方。佛瑞迪并没有等到 8 点钟，而在 7 点 45 分就到了那儿。可他看到已有 20 个男孩排在那里，他只是队伍中的第二十一名。

怎样才能引起特别注意而竞争成功呢？这是他的问题，他应该怎样处理这个问题？

根据佛瑞迪所说，只有一件事可做——动脑筋思考。因此他进入了那最令人痛苦也是令人快乐的程序——思考。

当真正思考的时候，总是会想出办法的，佛瑞迪就想出了一个办法。

他拿出一张纸，在上面写了一些东西，然后折得整整齐齐，走向秘书小姐，恭敬地对她说："小姐，请你马上把这张纸条转交给你的老板，这非常重要。"

秘书小姐看人很有经验，如果他是个普通的男孩，她就可能会说："算了吧，小伙子，你回到队伍的第二十一个位子上等吧。"但是他不是普通的男孩，她凭直觉感到，他散发出一种自信的气质。

她把纸条收下。

"好啊！"她说，"让我来看看这张纸条。"

她看了不禁微笑了起来，然后站起来，走进老板的办公室，把纸条放在老板的桌上。

老板看了也大声笑了起来，因为纸条上写道：

"先生，我排在队伍中的第二十一位，在你没有看到我之前，请不要作出决定。"

他是不是得到了工作？他当然得到了工作，因为他很早就学会了动脑筋。一个会动脑筋思考的人总能掌握住问题，也能够解决它。

心得便利贴

古人云："三思而后行。"做任何事之前都要经过再三思考之后才行动。做事小心谨慎、勤于思考的人要比一味蛮干苦干的人节省大量的时间和精力，而且会收到事半功倍的效果。所以，勤于动脑，多转换思维的角度，复杂的事会变得简单无比。

另一扇梦想之门

张莉莉

每年 5 月，是英国著名的圣劳伦斯美术学院的入学考试时间。来到这里的考生，都怀着一个关于绘画的彩色梦想，而圣劳伦斯则是他们梦想得以实现的重要桥梁。

在画室里，作为考官的教授们从一端走到另一端，随时对这些孩子的作品打着分数。第一天素描考试结束了，大部分教授在心里都有了人选，于是在第二天的色彩考试中，他们格外关注那些自己挑中的学生，油画系的威尔斯教授也是如此。但是当他经过自己中意的那个学生身边时，一些特别的颜料引起了他的注意。

那些颜料与市面上出售的不同，每个代表颜料颜色的包装都被拆掉，被人贴上写有色彩名字的标签。更不可思议的是，在那个孩子半掩着的颜料箱里，有一张写得密密麻麻的小字条，威尔斯仔细地盯着字条，才看清楚上面的内容：苹果是红的，梨子是明黄，橙黄色是香蕉，紫色是葡萄……威尔斯边纳闷，边抬头看着那个画画的孩子，这是他昨天发现的最有潜力的学生，素描作品完成得非常出色——扎实的基本功，清晰整洁的构图，细腻的光影过渡……每一个细节都近乎完美，那个孩子作画的时候眼睛还放射着光芒！然而今天，孩子手中的画笔是颤抖的，表情凝重，眼神如死灰般暗淡，时不时还会紧张地咽着口水。完全判若两人！威尔斯再次把目光投向了在画架后面咬着嘴唇、额头渗出汗珠的男孩。

几周后，圣劳伦斯美术学院在网站公布了新生录取名单。威尔斯忙碌了一天后离开学校，在校门口看到了一张熟悉的脸，一个瘦高的大男孩，他不停地向学校里面张望，眼神中尽是失落和无奈，却还有一丝渴望。

"嗨！小伙子！"威尔斯走过去跟他打招呼。

被叫住的男孩略显紧张："嗨！"

"我叫威尔斯，是这所学院的油画导师。"威尔斯向男孩伸出手。"我叫杰克，我，是个落榜生。"男孩说着低下了头。而威尔斯脑海中又浮现出几个礼拜前这个男孩紧张地流汗咬嘴唇的样子。"跟我来，小伙子。"不等男孩回答，威尔斯用他的大手揽住男孩的肩膀，像揽住自己的孩子一般。

杰克被威尔斯拉到一个小型车间似的地方，门被打开的一刹那，杰克突然怔住了，这里面简直就是小型美术馆，到处是绘画和雕塑作品，而且都是上乘之作，他呆呆地站在门口好一会儿，直到威尔斯叫了他两三次才应声走进去。

威尔斯笑了笑，扔给还在惊叹的杰克一套卡其布工装，两人穿戴整齐，威尔斯把杰克带进陈列间里面的一个工作间。没等杰克明白过来，威尔斯就递给他一个调色盘，指着一个画架，让杰克画地上放着的一组静物。面对眼前这一切，杰克猛然间乱了方寸，完全不知道该做些什么了。

"说说你为什么那么喜欢画画吧。"这个问题算是给杰克解了围，于是杰克开始滔滔不绝地讲起来。他谈论起举世闻名的绘画大师，谈论他们的绘画风格，出神入化的色彩运用……谈着谈着，他却越来越没精神，他觉得自己就像是背书一样，背着那些绘画典籍中看来的关于色彩的评说，还有那些美妙的变幻莫测的颜色。画笔和调色板从杰克手中滑落，他低着头，泪水一滴滴落下来。

威尔斯走到杰克身边，说："知道吗，杰克，曾经，我最大的梦想并不是成为一名画家，而是站在篮球场上做一名职业球员。"

"那为什么你没选择篮球？"杰克擦了擦眼泪，问道。威尔斯把脸转向杰克，接着，轻轻地卷起左腿的裤管。杰克惊讶极了，威尔斯的左小腿竟然是假肢！

"每一个人都有一个最初的梦想，但因为各种原因，有可能失去或者根本就不具备完成这个梦想的能力。无论如何，我们都要诚实面对，积极努力，即使不能完成最初的梦想，也会打开另一扇梦想之门。"说完，威尔斯拿一块手帕蒙住杰克的眼睛，把一个石膏像放到杰克手里。"色彩虽然千变万化，但不是绘画艺术的全部，除了鼻子上的眼睛，画家的双手也是另一双眼睛。为什么不试试用双手'看'色彩？"

那天之后，威尔斯再也没见过杰克。直到六年之后的一天，威尔斯在报纸上看到一则关于巴黎现代艺术作品展的报道，有一篇专访写着：

"年轻雕塑家曾经因为色盲症无法考取著名的美术学院，但在一名导师的启迪下，他用自己的双手代替无法辨别颜色的眼睛，在雕塑界一举成名。他非常感谢这位给了自己方向的导师，虽然他没有给他上过一堂绘画课，但是却为他的梦想之门打造了一把宝贵的钥匙……"

威尔斯的眼睛蒙眬了，当他抬起头，在弥漫着泪水的双眼中，一个瘦瘦高高的身影正朝他走来。

心得便利贴

由于能力有限，并不是每一个人都能实现自己最初的梦想。可是，在那个盛装着五彩斑斓梦想的小盒中，总有一个是可以实现的。不要气馁，鼓起勇气去迎接你的另一个梦想吧。

阳光的味道

渠怀素

一个初冬的午后，妻子将搭晾在阳台上的棉被收拾到卧房内。晚上临睡前，妻子将鼻翼靠到暖烘烘的被面上深深地嗅了一下，不经意地说了一句：

"阳光的味道真香啊！"

此语一出，令我感动了好大一会儿。我惊诧于妻子这超乎常人的"嗅觉"。

阳光普照大地，毫无保留地将自己的温暖公平地赐予世间万物。每时每刻，阳光之手都在温柔地抚摸着我们，因而，我们咀嚼的时刻，苹果的香甜其实就是阳光的味道，梨的清脆也是阳光的味道；稻菽千层、麦浪飘香的季节，阳光的味道又转化成了庄稼汉们的庆典；就是冬季那串串红得让人吃惊的辣椒，我们终于明白了它那火爆的性格，也是从太阳上窃来的火种啊……阳光的味

道已经浸润世间万物的机体。我们的疏忽之处在于：我们只是感受到了非常肤浅的部分，而将核心的内容给忽略了。

看来，品味阳光，需要的是一份独特的感觉。品味阳光，其实是感受生活的一种方式。

面对一堆冰冷的钢铁，我们能想象出汽车奔驰的景象；面对一棵衰老的枯树，我们仿佛看到它年轻时婆娑的姿态；面对一汪碧绿的深潭，我们似已品尝到出它酿成的甘醇；面对一方龟裂的冻土，我们似已听到种子破土而出，甚至庄稼噼啪作响的拔节声——这就是我们应该采取的生活态度。

以这样的态度面对生活，我们才会感受到生活的美无处不在，就会树立这样的一种乐观、豁达的处世方式：尽管生命有四季的轮回，只要用心去投入，就能从单调中挖掘出多彩，让每一个季节如春天般灿烂。

心得便利贴

每一天的我们，生活在日出日落、日复一日的平凡时光中，已经看惯这一切的你，是否还怀有那颗真挚的童心，能够嗅得到阳光的味道呢？细细品味生活吧，让我们从阳光中嗅到香，从泉水中尝到甜，从笑脸中感受爱……

横向思维

吴 铭

牛津大学的爱德华·博诺先生非常推崇"横向思维"。在一次讲座中，博诺先生提出了这样一个问题。

某工厂的办公楼原是一片两层楼建筑，占地面积很大。为了有效利用地皮，工厂新建了一幢12层的办公大楼，并准备拆掉旧办公楼。员工搬进了新办公大楼不久，便开始抱怨大楼的电梯不够快、不够多，尤其是在上下班高峰期，他们得花很长时间等电梯。

顾问们想出了几个解决方案。

一、在上下班高峰期，让一部分电梯只在奇数楼层停，另一部分只在偶数楼层停，从而减少那些为了上下一层楼而搭电梯的人。

二、安装几部室外电梯。

三、把公司各部门上下班的时间错开，从而避免高峰期拥挤的情况。

四、在所有电梯旁边的墙面上安装镜子。

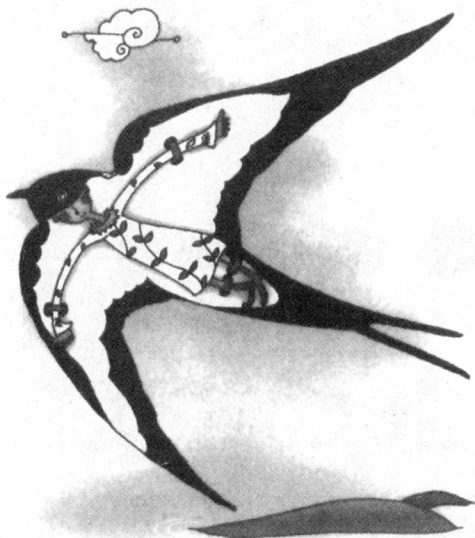

五、搬回旧办公楼。

你会选哪一个方案？

博诺先生说，如果你选了一、二、三、五，那么你用的是"纵向思维"，也就是传统思维。如果选了四，你就是个"横向思维"者，你考虑问题时能跳出思维惯性。这家工厂最后采用了第四种方案，并成功地解决了问题。

"员工们忙着在镜子前审视自己，或是偷偷观察别人，"博诺先生解释说，"人们的注意力不再集中于等待电梯上，因此焦急的心情得到放松。实际上，并不是大楼缺电梯，而是人们缺乏耐心。"

心得便利贴

同一件事，只因为思维方式的稍稍一转，就会变复杂为简单。其实，很多事情都可以用最简单的方法解决，只是我们执着于头脑中那由来已久的为人处世原则，走不出思维的定式而已。

你的思想决定了你的生活

周　楠

　　在 6 月初的一个周末，席勒获准在科罗拉多州莱克伍德的迈尔希教堂发表演讲。演讲结束后，席勒同卡伦·托马斯聊了一会儿，她是活动协调人。在他们的谈话中，卡伦提起理查德·巴赫——畅销书《天地一沙鸥》的作者，他最近造访了教堂，并开办了一个周末研讨会。当席勒说自己是理查德·巴赫著作的忠实读者时，卡伦给了他一盘研讨会的录音带，这是在他举办研讨会期间制作的。能够再次听到理查德的声音真是让人高兴。

　　席勒一边开车，一边听着理查德的演讲，他注意到，理查德提出了一个自己实践的小小练习，他用这个练习来提醒自己，自己拥有创造当前现实的能力。理查德说，他会选择一个物体，随便什么物体都可以，他会在脑子里牢牢地记住这个物体的样子。此后，一旦能够用思想的眼睛清楚地看到这个物体，并确定这个物体离自己越来越近，他就不再理会它了。然后，他会等待这个物体的形象以其他形式再次出现在他的生活中。

虽然这个练习对席勒来说似乎是小菜一碟，但他还是决定试一下。然而，结果却让他大吃一惊。

席勒把车开到路边，闭上眼睛，头脑里想象着一个圆滚滚的、熟透的红色西红柿。一旦他用思想的眼睛看到了这个西红柿，他就不再理会它了，继续回到高速公路上，赶去开会。当席勒听广播的时候，他偶尔会想到这个西红柿。当他开了一个小时之后，前面的一辆卡车开进了右车道。当席勒经过这辆卡车旁边的时候，他注意到车身侧面画着一个比人个头还大的、圆滚滚的、熟透的红色西红柿！嘿，席勒想，这个办法还真的奏效。

但席勒还是有点儿怀疑，他决定再试一次。这一次，他想象着一辆劳斯莱斯的形象（这种车在他居住的那个地区很少见）。席勒在脑子里牢牢记住了它的形象，随后他立即就不再理会它了。

第二天早上，席勒开车从家出发去看望一位朋友的时候，他看到了不止一辆劳斯莱斯，在一个小时内他就看到了两辆。

心得便利贴

席勒的故事告诉我们：你的思维决定你的生活。当你将自己的意志力都投入你所关注的事情上时，你会发现它离你并非遥远；或者换个角度来说，它在你的生活中也许一直存在，以前的你忽略了它，仅仅因为你并没有去注意它。

何为人生

老 宣

什么是人生?

人生就是"离了母腹向坟墓里行进的路程"。少亡的就是这条路短,老死的就是这条路长。所谓命好的,就是这条路平坦;命苦的,就是这条路崎岖。在这条路上,老老实实走的,就是君子;争争斗斗走的,就是小人。不论你怎样走,你也不能不走入坟墓。

人生就是碰钉子,碰一回钉子,长一分见识,增一分阅历,做的事愈多,碰的钉子愈多。没有碰过钉子的人,必是没有做过事的。不过,聪明人能因别人碰钉子,而增见识、长阅历;糊涂人虽碰了钉子,还不知是钉子,必待左碰右碰,碰得体无完肤,还不知钉子的厉害。

徐守揆说:"人生而为人,则宜为人。"那么,就不必考究"人是由什么东西变的"。纵然是神造的,现在既不是神而是人,就当尽人道。纵然是兽化的,现在既不是兽而是人，就不应当学兽行。

人一生的大毛病，多是对别人的事，看得明明白白，对自己的事，认得糊糊涂涂。因为有这个毛病，所以世上闹得乱七八糟。假若能将这毛病反过来，世界必能风平浪静。可惜，人性不能改，世界也就没有安宁的日子。

人的一生，不只是当祖父的孙子，父亲的儿子，儿子的爸爸。这三样程序，虽然全做到了，与普通动物传种的义务，也没有什么高超的分别。人总须在立德、立功、立言三件人生最大的职务上，做到一样，才不污辱这个人字。

人若先将自己明白透了，世上一切物理人情，无不迎刃而解。若对自己还不了然，纵能读尽古今的书，观遍天下的事，也不过是模模糊糊，得不着实在。世界就如同一本大书，自己就是全书的提要。

古时的好人，类如岳飞、杨继业，未必有后，可是现在仍有人认他们为祖先。古时的坏人，类如秦桧、吴三桂，未必绝种，可是现在就没有人敢认是他们的子孙。可见人生几十年，富贵权势，不过是一时的荣华。若把将来为祖先的资格混丢了，实在是一件可惜可哭的事。

💡 **心得便利贴** ----------

所谓人生，殊途同归。尽管世人的经历不同，但在最终仍是公平。谁能逃脱来这世上辛苦走一遭，谁能逃脱死亡的阴影。凡此种种，想透彻了，也就豁达了。该怎样过完一生每个人都有选择的权利，只看你怎么付诸行动。

自己的一生

戴　森

不要总把自己与别人比较，这样会愈看自己愈不值钱。如同人的指纹一样，世界上每一个人的指纹都是独一无二的。

不要根据别人认为重要的东西来制订自己的追求目标，而应当努力去争取自己觉得最好的东西。

不要以为最接近自己内心的东西与生俱来，可以像自来水一样随时予取予求。要如同保护自己的眼睛一样维护它们。失去它们，你就会变成只有心脏而没有心灵的行尸走肉。

不要匆匆忙忙地过一生，以至于忘记自己从哪里来，要到哪里去。生命不是一场速度赛跑，而是一步一个脚印走过来的旅程。

不要耽于昨天或明天，任凭今天从指间流走。每一天只过每一天的日子，你总会享受到所有的日子。生命不是以数量而是以质量来计算的。

❤💡 心得便利贴

生命不是以数量而是以质量来计算的。自己的一生选择以怎样的方式去过，都是遵从了自己的心声。一旦坚定前进的步伐，就不要留恋无谓的风景，享受你的旅程，感受你经历的种种，这就是你人生的意义。

通往天堂的路

徐全庆

有一个年轻人想去天堂。去天堂必经一个路口，道路一分为二，一条往左，一条往右。路口有一个看路人。

年轻人停住了，他不知该走哪条路，于是就问那看路人。看路人说："这两条路只有一条可以通往天堂，至于是哪一条，谁也不知道。但不论你要走哪一条路，一旦跨过路口，就永远不能回头。"

"那另一条路通往哪里？"年轻人问。

"不知道，也许是地狱，也许是……反正没有人说得清。"看路人说。年轻人犹豫了，他在这条路口看看，又在那条路口瞧瞧，可是哪条路他都不敢跨过去。

不久，路口又来了一个人。那个人向看路人问了和年轻人一样的问题，当然也得到了和年轻人一样的回答。那个人想了想，便选了一条路往前走。就在他即将跨过路口的一刹那，年轻人喊住他问道："你怎么知道这条路通往天堂？"

"我不知道。"那个人说。

"不知道你怎么敢往前走？你难道不怕走入地狱？"年轻人奇怪地问。

"怕，"那个人说，"但我如果不往前走，就永远不可能到达天堂。"

"可是你可以和我一起等啊，也许我们将来能够知道哪一条路通往天堂。"年轻人说。

"可是我们如果永远也等不到那一天呢？"那人说完就头也不回地走下去。

年轻人摇了摇头，继续在路口徘徊。

以后，路口又来了很多人。他们有的问了一下路怎么走，就选一条道路走下去了；有的甚至问都不问一声就走下去了。

对每一个经过路口的人，年轻人都会喊住他，问他是否能确定哪一条路通往天堂。但每一次他得到的都是否定的回答。所以年轻人就一直在路口徘徊。

年轻人不死心，他常常抱着一线希望去求那看路人："你一定知道哪一条路通往天堂，求你告诉我吧。"但每一次他得到的都是失望。他也常常向两个路口张望，希望有人能回过头来说自己走错了，这样他就可以选另外一条路了。但他没有看到过一个人回头。

年轻人——我们姑且仍这样称呼他吧，因为他仍一直把自己当做年轻人——就这样在两个路口不停地徘徊。渐渐地，他发现自己的头发掉了，胡子白了，背也驼了，他已经慢慢变得老弱不堪了。

他有些后悔，当初自己如果也像其他人一样，随便选一条路走下去，现在也许已经在天堂了，但现在……这样想时，他发现自己已经走不动了，他的一生就这样在犹豫徘徊中虚度掉了。

心得便利贴

人的一生要面对许多选择，即便是每天的日常生活，也往往存在于选择取舍之间。然而优柔寡断、畏畏缩缩，只会浪费时间，空留遗憾。只有做出果断的选择，并不断为之付出努力，那么你也许就在通往成功的途中。

人生需要信誉和真诚

赵 波

1835 年，摩根先生成为一家名叫"伊特纳火灾"的小保险公司的股东，因为这家公司不用马上拿出现金，只需在股东名册上签上名字就可成为股东。这符合摩根先生没有现金但却能获益的设想。

很快，有一家在伊特纳火灾保险公司投保的客户发生了火灾。按照规定，如果完全付清赔偿金，保险公司就会破产。股东们一个个惊慌失措，纷纷要求退股。

摩根先生斟酌再三，认为自己的信誉比金钱更重要，于是他四处筹款并卖掉了自己的住房，低价收购了所有要求退股的股东股票。然后他将赔偿金如数付给了投保的客户。

这件事过后，伊特纳保险公司成了信誉的保证。

已经身无分文的摩根先生成为保险公司的所有者，但保险公司已经濒临破产。无奈之中他打出广告，凡是再到伊特纳火灾保险公司投保的客户，保险金一律加倍收取。

果然客户很快蜂拥而至。原来在很多人的心目中，伊特纳公司是最讲信誉的保险公司，这一点使它比许多有名的大保险公司更受欢迎。伊特纳火灾保险公司从此崛起。

过了许多年之后，摩根的公司已成为华尔街的主宰。而当年的摩根先生正是美国摩根家族的创始人。

回忆当初，其实成就摩根的并不仅仅是一场火灾，而是比金钱更有价值的信誉。还有什么比别人的信任更宝贵呢？信任的基础是什么？是

互相之间对人品的了解与欣赏，是人与人之间无法用金钱来衡量的
友情。

公元前四世纪，意大利有一个名叫皮斯阿司的年轻人触怒了国王。
皮斯阿司被判绞刑，在某个法定的日子将被处死。皮斯阿司是个孝子，
在临死之前，他希望能与远在百里之外的母亲见最后一面，以表达他对
母亲的歉意，因为他不能为母亲养老送终了。他的这一要求被告知了国
王。国王被他的孝心所感动，允许他回家，但是他必须为自己找个替
身，暂时替他坐牢。这是一个看似简单其实近乎不可能实现的条件。有
谁肯冒着被杀头的危险替别人坐牢，这简直是自寻死路。但茫茫人海，
就有人不怕死，而且真的愿意替别人坐牢，他就是皮斯阿司的朋友
达蒙。

达蒙住进牢房以后，皮斯阿司回家与母亲诀别。人们都静静地看着
事态的发展。日子一天天地过去了，皮斯阿司还没有回来，刑期眼看就
到了。人们一时间议论纷纷，都说达蒙上了皮斯阿司的当。行刑日是个
雨天，当达蒙被押赴刑场之时，围观的人都在笑他的愚蠢，幸灾乐祸的
也大有人在。但刑车上的达蒙，不但面无惧色，反而有一种慷慨赴死的
豪情。

追魂炮被点燃了，绞
索也已经挂在达蒙的脖子
上。胆小的人吓得紧闭了
双眼，他们在内心深处为
达蒙深深地惋惜，并痛恨
那个出卖朋友的小人皮斯
阿司。但就在这千钧一发
之际，在淋漓的风雨中，
皮斯阿司飞奔而来，他高
喊着："我回来了！我回
来了！"

这一幕太感人了，许多人还都以为自己是在梦中。这个消息宛如长了翅膀，很快便传到了国王的耳中。国王闻听此言，也以为这是谎言。国王亲自赶到刑场，他要亲眼看一看自己优秀的子民。最终，国王万分喜悦地为皮斯阿司松了绑，并亲口赦免了他的刑罚。

有人不重视信誉，认为那不如现实的利益重要。但不要忘记，一旦失去了它，你还能得到现实的利益吗？

心得便利贴

老子言："人无信不立，国无信则衰。"小到一个人，大到一个国家，如果不能以真诚和信誉来待人处事，那迟早都会衰败没落。信誉和真诚并非是为了某种现实利益而采取的手段，那是人之所以为人的高贵品行。

替一朵花微笑

张丽钧

　　那日造访王叔，受到极高的礼遇。老人家先是赏我品尝素有"黄金芽"之称的清明前西湖龙井，然后，就将自己近年得意的摄影作品悉数搬出来给我看。

　　作品中有许多风景是我熟悉的，但借着王叔的眼睛看世界，就看出了一种别样的美丽。我在看照片，感觉出王叔也在看我。我晓得，他渴盼着从我的脸上读到最新鲜的惊喜与赞赏。

　　后来，我看到一幅有趣的作品，画面是王叔和一朵盛开着的月季花。王叔满脸纵横交错的笑纹和月季千娇百媚的面庞相映成趣。最有意思的是作品的题目，居然是《替一朵花微笑》。

　　"这张照片是我自拍的。"王叔略带羞涩地说，"阳台上有一棵月季，临近冬天的时候突然开出了这么漂亮的花。这是多么值得记下来的事！我寻思，要是这花知道它开放的时间是这么与众不同，它一定会笑的。可它是花，它没法笑，那我就替它笑呗！"

　　"替一朵花微笑？"我的心一下子被一种极温软的情愫注满了。在这个佳句面前，不由得悄然自问："我，可曾有过如此心情？"

　　少年时，可能想过替一朵花美丽。叛逆的眼光，带着不与四季共舞的傲慢，看山不是山，看水不是水。那时，狂野的心里定当有个不曾察觉的声音，那就是——让我替一朵花美丽！不懂得欣赏，更不懂得珍视。挑剔是每日必做的功课。以为花的美丽是欠缺的美丽，以为唯有自己才可以替花儿抹掉这份欠缺。

后来，少年远去，这颗心，开始奢望着替一朵花芬芳。越是美艳的花，就越容易遗忘了芳香。我站在蝶儿飞舞的光影里，将自己想象成一株朝向太阳打开了繁丽心思的植物。我渴盼着用蝶儿能够听懂的语言，召唤它，挽留它，让它因为一种难以拒斥的神秘气息而流连忘返。

我远没有学会说"替一朵花微笑"。

想想看，真正担当起一朵花的快乐，是不是比梦想着担当起一朵花的使命重要得多？

替一朵花微笑，是一种繁华落尽后的淡泊与清宁。冬天说来就来了——花的冬天，人的冬天；但是，在冬天到来之前，有一朵忽略了季节的月季，天真地哼着歌儿，翩然降临在一个属于它的阳台上。赏花的人，通过花的镜子，照见了自己心灵的容颜。应该说，美丽与芬芳的主题，花儿已经表达得很不错了；只有快乐，花儿还没有学会。于是，那

人便说，好吧，让我来替一朵花微笑。

——茶香袅袅。"黄金芽"的叶片，在清水中复活了它嫩绿的记忆。在这样一个寻常的午后，我相信自己已被点开了"天目"。我看见了自己虚妄的昨天和凡庸的今天，当然，我更看见了自己超拔的明天。明天，我定将步一个智者的后尘，在茫茫人世间智慧地采撷、顿悟，带着对精彩人生的最佳解说，带着让花儿释怀的美丽微笑，幸福地，约会春光。

心得便利贴 - - - - - - - - - - - - - - -

　　替一朵花微笑，这是一种豁达的心境，也是一种超然自我的态度。天地万物皆有灵性，用自己那一颗赤诚的心，去体会它们的生活，去表达它们的情感，这样的心灵才能让我们在这个以自我为中心的时代里生活得更加悠然自在。

每天走在成功的路上

戚锦泉

他自幼家贫，13 岁开始工作养家。为了活命，他扫过街，卖过烧饼，在印刷厂当过学徒，到电气公司做过苦工，受尽种种屈辱，过着非人的生活。28 岁那年，一个偶然的机会，他进入一家报社当记件工，后来又调至广告部设计广告。他很勤奋，不断拼搏，可是家中生活仍困窘不堪。

41 岁那年，他听说有家报社举办有奖小说征文，一等奖 30 万日元。他想碰碰运气。这是他有生以来的第一篇作品，因此他写得特别卖力。结果，这篇名为《西部钞票》的处女作获得了第三名，奖金 10 万日元。

他尝到了甜头，从此一发不可收拾，他一生共发表了二百多部小说，其中以《点与线》《砂器》等经典作品风靡世界。他叫松本清张，一个被称为继柯南道尔、阿加莎·克里斯蒂之后的第三位世界著名推理小说大师。

成名后，有记者问他：松本清张先生，若非那次有奖小说征文，恐怕时至今日你仍然默默无闻吧？机遇对于成功而言，真是太重要了！

松本清张听了，微微一笑，又摇摇头缓缓说道：我认为，成功不是某个点，而是一个连贯的整体，它由无数个点组成。我们每天的努力，都是一个点，尽管看似微不足道，却是不可或缺的。如果今天少一点，明天少一点，成功之线就连接不上，也就永远失去成功的可能。其实，我们每天都行走在成功的路上，只是终点因人因事而异，有近有远罢了。近些的可能只需数月或数年，而远些的则可能需 10 年、15 年、20 年，甚至更长。因此，无论多远，只要不放弃，终有一天会到达成功的彼岸。

心得便利贴

"不积跬步无以至千里，不积小流无以成江海"。成功并非一蹴而就，而是需要每天向着目标努力前进。也许路途遥远，也许众多艰难险阻，但是只要每天进步一小步，成功就在脚下。

坚守生命中美好的习惯

马　德

檐角挂着一张蜘蛛网，结在短墙和檩条之间。

是新织出的，纵横的经纬之间，纤尘未染，光亮亮的，在风中轻荡着。那些日子，他总觉得在单位受到了不公平的待遇，做了很多，得到的很少，于是一生气，干脆赋闲在家。那天，他遛弯儿至此，看到了这张蜘蛛网。百无聊赖之际，他一挥手，偌大的一张网，瞬息之间，便断裂成一条一条的短线，摇摆在风中了。

第二天傍晚，当他再经过这里的时候，他发现，又一张完整的网织在了檐角上，在夕照的光辉中，格外鲜亮。他一挥手，这张网也断裂了。

后来几天，他重复着这样一个百无聊赖的动作。每次他都暗想，也许，明天就再也不会看到这张网了。毕竟，不会有哪一只蜘蛛在一个地方辛辛苦苦半天，一无所获，还能不计成败地坚持下去的。

然而，第二天，他总能看到一张完整的新网，威风八面地挂在檐角上。

这天，暮色已经很浓了，他还待在檐角的地方没有走。因为，他终于看到了这张网背后的蜘蛛了，一个黑黑的家伙，正上上下下地忙碌着。他认真地端详着这只蜘蛛的一举一动，他想弄明白，究竟是什么原因，能让它这样锲而不舍地坚持下来。然而，一直到华灯初上，除了蜘蛛不停地奔波和忙碌外，他什么也没看到。

后来，他出了一趟远门，那是一座偏僻的小城，然而，他郁闷的心绪并未因为这样的一次远足而消减。凑巧的是，就在他计划要返程的时候，在小城的礼堂里，他听了一场劳模报告会。那个劳模的故事很感人，而劳模说过的一句话，尤其让他不能忘怀：我不想让大家觉得我的付出是多么的高贵，付出，只是我生活的一个组成部分，或许，对我而言，它已成了我生命中的一种习惯。

当他回去之后，再经过那个檐角的时候，便一下子懂了那只蜘蛛。是啊，它锲而不舍地结网，不计成败地付出，也许，就是它生命中的一种习惯。它在做这些事情的时候，并不奢望生活一定给它带来什么；在遭遇挫折或者失败后，也从来不曾动摇过内心中的这种习惯。它知道该平静而从容地接受生活所给予的一切。

而实际上，就是这只屡屡遭受不幸的蜘蛛，在他走后，在短墙和檩条间，又结了一张更大的网，那张网上，已经粘住了许许多多的飞虫。

人生也一样，如果你拥有了一种美好的习惯，就要不计成败不问回

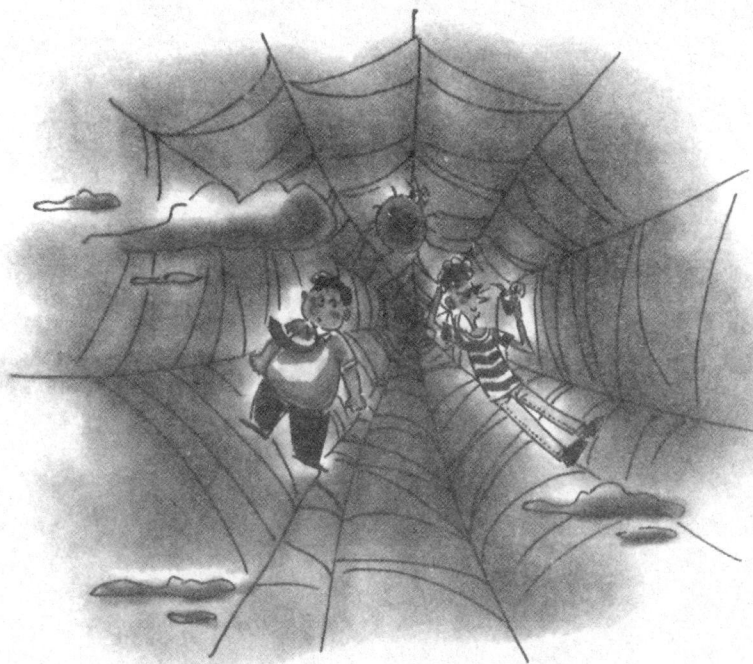

报地坚守它。若干年之后，当你蓦然回首的时候，你会发现，人生的枝头上，这种习惯已经为你结出了累累的硕果。

心得便利贴

习惯是我们生活的缩影，它如同影子一样，和我们形影不离。有怎样的习惯，就会采取何种生活方式，生活在何种生活状态中。当一种良好的美德已成为习惯，那你的生活中将充满绚丽多姿的色彩，生命之树也会结出累累的果实。

换一种方式

感　动

　　他是一位医生，特别喜欢洁净，这种洁净的习惯从医院延伸到家中和生活中的每个角落。这天，他将家中的那扇大门粉刷一新。可很快，他发现，大门上不知道被谁家淘气的孩子踢上去了很多小脚印，他只好将大门重新粉刷了一遍；可很快，又被踢上去一些新的黑脚印。经过观察，他发现，原来自己正在读小学的儿子每次进出大门的时候都会踢上去一脚，那些黑鞋印都是儿子的杰作。他叫来儿子，告诉儿子以后不要再用脚去踢那扇门，因为这不是一个好孩子应该做的。但是第二天，他发现他的话对儿子并没有起作用，儿子每次进出大门的时候依然会淘气地照踢不误。他气愤地将儿子教训了一番，但儿子却依然我行我素……

　　这天，他再一次粉刷一新的大门又一次被儿子踢得鞋印遍布，他又一次将儿子呵斥了一番，以至于到达医院的时候，情绪还被儿子的淘气烦躁着。

　　他在给一名女患者打针时，女患者因为惊恐而大喊大叫。起初，他还能保持冷静，耐心地安慰对方说，不要怕，不疼，马上就好，等等，但女患者却叫得更厉害了。女患者的喊叫引爆了他心中的烦躁，他气愤地对尖叫不停的女患者说道："你叫吧，一直叫，等到打完了针再停下。"让他奇怪的是，听了他的话，女患者却停止了喊叫，平静了下来。

　　在接下来的行医中，每当他对大声喊叫的患者说"不要叫"不起作用时，他就尝试让患者喊叫，结果患者却都变得平静了。他不知道这是什么原因，但他却为发现这个屡试不爽的反向方法而欣慰。

这天，下班回到家中的他，发现新粉刷的大门上又被儿子踢出了很多黑脚印，一天的好心情突然就变坏了，他愤怒地叫过儿子，刚要呵斥儿子，突然想起自己为患者打针时候的情景，灵机一动，表情严肃地对儿子说道："孩子，交给你一个任务，你每天进出大门时一定要用脚踢几下大门，别忘了，如果我见不到门上有鞋印的话一定会惩罚你。"

奇迹出现了，他家中的那扇大门再没有出现过一个黑鞋印。

他豁然开朗，很多问题，就宛如开门，用尽气力去推怎么都推不开，轻轻一拉就敞开了。此后，他开始用这种逆向思维方式来教育儿子。后来，这位父亲成为历史上最伟大的博物学家的父亲，他的儿子的名字叫查理·达尔文。

顺风可以飞得更快，逆风也可以飞得更高。一个方向行不通的时候，尝试另一个方向，或许问题就会迎刃而解。

心得便利贴

解决问题的方法并非只有一个，正如一扇怎么推也推不开的门只需轻轻一拉就会打开一样。当你学会找到绝境背后的那扇门之后，你才能真正地去驾驭自己的生活。

奖给父亲的勋章

流 沙

德国有一位尽责的扳道工，有一次，他接到通知，有两列火车即将通过车站，让他为其中一列扳道岔。

就在准备扳道岔的时候，他突然发现自己的孩子正站在铁轨当中玩儿，对即将驶来的火车毫无察觉。

一念之间，他想跑过去，抱出孩子，但如果救了孩子再回来扳道岔，就来不及了，两列火车相撞可能造成数百人伤亡。危急关头，扳道

工对孩子大吼一声："快趴下！"随即迅速扳好道岔，火车呼啸而过。

扳道工瘫倒在地，不敢看对面的铁轨。但是，孩子还活着。原来，孩子听到了父亲的呼喝，马上趴在了铁轨中间。火车驶过，孩子毫发未损。

这件事被德国皇帝知道了，他认为扳道工十分了不起，不仅褒扬了他，还奖给他一枚荣誉勋章。可是，许多人认为没必要再授给他荣誉勋章。

官方向公众解释说："一个人要做到尽职是应该的，也许你们都能做到，但是，要教育出一个在生死关头，能听从父亲，配合默契的孩子，那就难多了。这是一枚奖给父亲的勋章。"

心得便利贴

一位尽职的父亲教育出一个机智的孩子，才能在危急时刻化险为夷。也许对于工作来说，那是扳道工的职责；然而对于生活来说，教育出一个听话的孩子才是一个父亲的职责。

每天成功 1%

我们或许并不是每时每刻都
能意识到平淡的生活中其实蕴藏着许多
爱的细节。它琐碎、细小，
像一丝风，似一缕雾，淡淡的，藏在生活
某个不起眼的环节上。或者说，它更像是
一滴水，早已默默地渗透在生活的深处。

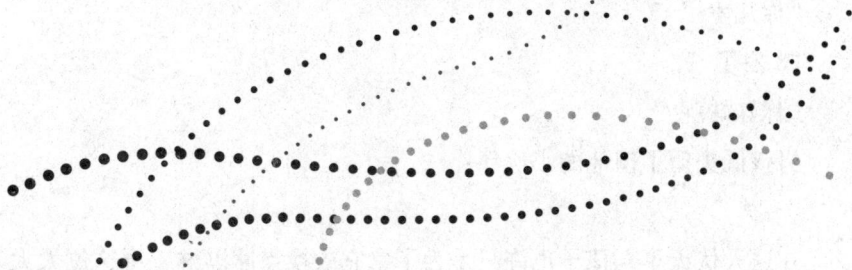

伏天的罪孽

L·海沃德

"大热天，真是没事找事。"商场侦探亨利嘀咕着，他的制服已被汗水湿得精透。一位窄脸妇女正在他面前尖声诉说着什么。

真是，丢掉的钱既然已经找到了，就算了呗。可她却不善罢甘休，仿佛站在桌前的这个小男孩真是一个危险的罪犯。

亨利思忖着，是的，10块钱对大人也是不小的诱惑，何况这个穿得破破烂烂的小孩子？

"是的，我没亲眼看到他偷钱。"那位太太唠叨着，"我买了一样东西，又要去看另一件货，就把10块钱放到柜台上。刚离开分把钟，钱就跑到这个小贼骨头的手上了。"

亨利这才发现桌角那边还有个小女孩。她正用蓝蓝的大眼睛静静地在看着他。

"是你拿走钱的吗？"亨利问男孩。

小男孩紧闭着嘴唇，点了点头。

"你几岁了？"

"8岁了。"

"你妹妹呢？"

男孩低头望了望他的小伙伴：

"3岁。"

在这大伏天里，孩子也许只是为了拿它去换点冰淇淋。可这位太太却咬定孩子是窃贼，非要惩罚他们不可。亨利不由得心疼起这两个孩子来了。

"让我们去看看现场吧。"

男孩紧紧拉着小女孩的手，跟着大人们向前走去。

柜台后面一台风扇吹来的风使亨利觉得凉爽些了。

"钱在哪放着？"

"就在这。"太太把10块钱放在柜台上售货记账本的旁边。

亨利打量了一下小女孩，掏出几块糖来。

"爱吃糖吗？"

女孩扑闪了一下眼睛，点了点头。亨利把糖放在钱上面：

"来，够着了就给你吃。"小女孩踮起脚尖，竭力伸长小手，可还是够不着。亨利把糖拿给小女孩。

太太一边嚷起来："我不跟你争辩。难道他们可以逃脱罪责吗？领我去见你的老板……"

亨利没理会，他正注视着那10块钱，柜台后面的风扇吹着它，它开始滑动，滑动，终于从柜台上飘落下来。

钱落在离两个孩子几尺远的地方。女孩看到钱，便弯腰捡起来递给哥哥，男孩毫不踌躇地把钱交给了亨利。

"原先那钱也是你妹妹给你的，对吗？"

男孩点了点头，眼里涌出委屈的泪水。

"你知道钱是从哪来的吗?"

男孩使劲摇着头，终于大声哭了出来。

"那你为什么要承认是你偷的呢?"

男孩泪眼模糊:"她……她是我妹妹，她从不会偷东西……"

亨利瞟了一眼那位太太，他看到她的头低了下来。

心得便利贴

　　成人的眼里，世界总是充满肮脏和罪恶的。可他们不知道，成人的罪恶就是污浊孩子们纯洁心灵罪恶的来源。文中妇女对孩子的误解和辱骂，是最伤害孩子情感的利剑，为什么不去试着多理解多体谅，消灭那些不该有的伤害呢?

总有一把钥匙属于自己

古保祥

19 世纪末的美国洛杉矶，有一位伯兰先生，他是当地首屈一指的富翁、慈善家，许多人都敬重他，以他的财产和豪宅为毕生追求的目标。

一天傍晚，伯兰先生在自家门口发现一个衣衫褴褛的年轻人，他缩在院墙的一角。当伯兰先生看到他时，他正在数天上若隐若现的星星，伯兰先生问："年轻人，你在做什么？"年轻人回答他："我在数星星，有多少星星就有多少梦想。"

伯兰先生笑了，他继续问："那么，你的梦想是什么？"

"实不相瞒，先生，我最大的梦想就是拥有一个豪华的房间，拥有一张超过自己身体两倍的大床，让我美美地睡上一觉。"年轻人说着，眼睛里流露出无限渴望。

热衷于慈善事业的伯兰先生立即答应了年轻人的要求。他领着他来到自己的豪宅里，将一把钥匙交给他，并且告诉他房间的位置，伯兰先生说："今晚你就是这个房间的主人。"说完，他充满爱心地走开了。

第二天早晨，伯兰先生过来看望年轻人时，却发现钥匙放在窗台上，房间并没有被打开的痕迹，里面的物件整齐有序地维持着原样，也就是说，那个年轻人根本没进房间。伯兰先生诧异地想了想，忽然间他想到了这间房的锁是保险锁，除了用钥匙，还需要输进密码才能打开，昨晚，由于疏忽他竟然忘记了告诉年轻人开门的方法。他为此后悔不已，出门寻找时，年轻人早已不知去向。

之后的几天，伯兰先生一直在为自己的不负责任感到遗憾，由于自己的大意，破坏了一个年轻人毕生的梦想，而这些，不是用金钱可以换取的，他最终没能找到年轻人的下落。

十年后的一天，华盛顿郊区有一位富翁给伯兰先生寄来了一封信，请他去自己的豪宅参加一场别开生面的酒会。他感到很纳闷，自己在华盛顿地区没有几个朋友，再加上这个住所挺陌生的，他怀着好奇心驱车前往目的地。

酒会上，一位中年富翁正在招待来宾。当伯兰先生到达时，中年人迎上前来，热情洋溢地拥抱伯兰先生。中年人说："伯兰先生，你还记得十年前你家门前的那个年轻人吗？"

伯兰先生努力搜索着记忆，当他意识到面前的中年人是那晚的年轻人时，他一脸愧疚地握着对方的手说道："对不起，先生，当时我确实疏忽了！"

"不，伯兰先生，我要特别感谢你，当我将钥匙插进门锁时，无论我怎么努力，都无法打开通往理想的大门，我只有隔着窗户欣赏里面的豪华。后来，我想明白了，这把钥匙是不适合我的。如果我能够如愿以偿地进入房间里，那么我会瞬间失去梦想，终日生活在安逸的牢笼里。庆幸的是，不能打开房门的钥匙使我明白，那些荣华不属于我，我没有资格去得到它们。从那时起，我就告诫自己：梦想仍在延续，总会有一把钥匙属于自己。"

年轻人名叫格桑，通过近十年的努力，他已经成为华盛顿地区最富有的大亨之一。"现在，让我们共同干杯，为我们的梦想和友谊干杯。"伯兰先生和格桑的酒杯碰在一起。

是的，总有一把钥匙属于自己，有了它，我们就可以解除阻碍我们前行的任何障碍，引领我们走进梦寐以求的理想之门、智慧之门和成功之门。

心得便利贴

　　每个人都有属于自己的人生之门，别人的门里有梦想、有阳光、有财富，但再风光，再华丽也只是别人的风景。与其隔窗遥望、美慕，不如退归于茫茫人世之间找到那把属于你自己的钥匙，开启你自己的风光。

每天成功 1%

马国福

  我几乎每天会收到许多朋友们和编辑记者的邮件，有时也会收到许多垃圾邮件，我对此十分反感，浪费时间不说还影响我的情绪。有时处理完这些垃圾邮件我便自我解嘲：又做了一次网络义务清洁工。

  有一天打开邮箱一看，还是大量的垃圾邮件。我准备全部删除时，发现有一个邮件的主题是："经理，请你给我一个机会吧，我会努力的，我将用上全部的力量使自己每天成功1%！"我眼睛为之一亮，觉得好笑，我怎么变成了经理。删除全部垃圾邮件后，好奇心驱使我再仔细查看这个邮件。

  打开这个标题新颖的邮件正文，内容是一个工作受挫的青年写给老总的信。信中说他由于自己刚参加工作业务不熟，工作中出了差错，影响了公司的形象和效益。公司准备辞退他，他鼓足勇气给老总表明自己的信心。言辞很诚恳，尽管写了许多与工作有关的事情，但感情还是很真挚的，洋溢着一股积极向上、追求进取的青春气息。

  可见他还是非常珍惜、喜欢这份工作的。

  从他的话里我看到了自己刚参加工作时的那股朝气，他的每天成功1%的执着和信念深深地打动了我的心。于是我红着脸以经理的口气给他回了邮件：我相信你会很优秀的，年轻人，继续努力吧，每天成功1%，你会成功的。经理期待着你做出更大的成绩！

  发完邮件我仔细算了一下，相比于一生，一天真的很短，以一年365天，一生75岁计算，从18岁成人算起，除去吃喝拉撒、精力不济等种种因素虚度掉的 10 年，我们还有近 50 年的时间为确定的目标每天努力付出，如果每天接近目标并成功 1%，大概有近 183 个大目标我们完全可以实现。

计算结果令我大吃一惊！未免有点儿恐慌。我们几乎每天都找借口说自己很忙，一年下来真正做成功的事情并没有多少，想想有多少 1% 被我们所忽略、放弃？当我们确定一个大目标时，短期内看上去这个目标很遥远、缥缈，但当我们把它分解到年、月、日，分解到时、刻、分、秒，分解到 1%，如果我们每时每刻都能为 1% 的目标付出 99% 的努力，遥远的目标一下子就会变得清晰、现实起来！

每天成功 1% 只是一个为了大目标而努力的落脚点，而当 1% 逐步上升为 100%，由 1 变成 10，再变成 100、1000、10000 甚至更多时，我们已将成功的桂冠挂在胸前了。

大概半年后我收到一份邮件，主题为"那个每天成功 1% 的青年感谢你的鼓励"，正文内容是这样的："你好，尽管我们未曾谋面，或许你早已忘记了那个错将邮件发给你的青年。半年前由于工作上的失误我给公司造成了不小的损失，那时公司能否继续留用我，我心中没有底。我很喜欢那份工作，那晚我鼓足勇气给经理发了一份邮件，恳求他给我一个继续工作的机会。邮件发出的第二天，我的一个创意被公司采用，给公司创造了一

定的效益，公司决定留用我。有一次我和经理谈起我曾经发过的那份邮件，他说他并没有收到过我的邮件。后来我仔细查阅了已发邮件，才发现我阴差阳错地发给了你，原来你的邮箱和我们总经理的邮箱只有一个字母之差。真的，我非常感谢你，是你给了我每天成功1%的力量和信心。如果没有你的鼓励说不定我还在找工作，我真诚地希望你在工作和事业中每天不但成功1%，而且每天成倍地收获快乐和成功。祝你和你的家庭幸福。"

我被感动了，欣慰之情油然而生，没想到意外之举竟促成了一个在挫折之中的心灵的奋起，我不多的文字像台阶一样垫起了一个陌生心灵成功的高度。我很快给他回了一个简单的邮件：你的邮件给了我好心情。施爱于人，一份成功会变成两份成功，一份快乐会变成多份快乐。我也感谢你给我的鼓励，让我们一起接近目标，接近成功。

从那以后我不轻易删除任何一个陌生的邮件，哪怕一个广告我也会耐心地阅读，我深知，说不定我的鼠标轻轻一击就会截断一个陌生心灵通往成功的道路，折断他们充满希冀的翅膀，使他们从理想的天空坠落。

我顿然明白，人的一生也就是使 1 后面的 0 不断倍增的进位过程。1 就是我们的目标，0 就是我们为 1 所付出的努力，如果失去了每天成功 1% 的信心，失去了标杆一样的 1，一切就永远归于 0！

现在我每天坚持写作，我深知，不放弃 1%，最小的目标也会变成最大的成功。

心得便利贴

从何时起，我们有了第一个目标；又是从何时起，我们将其抛之脑后，不再提起。我们总是有一箩筐的理由来安慰自己，让自己放弃看似困难的目标。但仔细想来，即使每天只完成一项计划的 1%，一生的时间也足够实现很多伟大的计划了。不要忽视坚持的力量，只要坚持，终会成功。

傲慢、天堂和地狱

谢明渊

"谦受益，满招损"，这是个几乎人人都知晓的道理。然而，越是明明白白的道理，真正做起来就越不容易。这与人强烈的表现欲有关，也与人的品德修养有关。唐朝有个名扬天下的大将郭子仪，他任朔方节度使时，击败"安史之乱"的史思明，后又收复了长安、洛阳，因而晋升为中书令（相当于宰相）。他常去佛寺拜访禅师，以一个平凡的佛教徒自居。有一天，郭子仪在探访禅师时提出这样一个问题："请问师父，佛教是如何解释傲慢的？"

禅师听了这句话，忽然变了面孔，一脸怒气，双眼一瞪，以一种极其傲慢的态度冲这位中书令喝问道："你这个呆头在说什么胡话？"

刹那之间，所有在场的人都惊呆了：郭子仪乃"一人之下万人之上"的中书令，这和尚怎能用这种口气对他说话？对于这种突如其来的"侮辱"，郭子仪也无法忍受，他的脸上开始出现轻微但却很严肃的愤怒表情。恰在这时候，禅师又恢复了先前那慈祥的面容，微笑着对郭子仪说："大人，这就是'傲慢'。"

这使我又想起一个"天堂与地狱"的故事。故事发生在一位日本禅师和一位日本武士之间，这天，名叫信重的武士向名叫白隐的禅师请教说："真有地狱和天堂吗？你能带我去参观参观吗？"

"你是做什么的？"白隐禅师问。

答曰："我是一名武士。"

"你是一名武士？"禅师大声说，"哪个蠢主人会要你做他的保镖？

看你的那张脸简直像一个讨饭的乞丐!"

"你说什么?"武士热血上涌,伸手要抽腰间的宝剑,他哪受得了这样的讥嘲!

禅师照样火上浇油:"哦,你也有一把宝剑吗?你的宝剑太钝了,砍不下我的脑袋。"

武士勃然大怒,"喔"的一声抽出了寒光闪闪的利剑,对准了白隐禅师的胸膛。

此刻,禅师安然自若地注视着武士说道:"地狱之门由此打开!"

一瞬间,武士恢复了理智,觉察到了自己的冒失无礼,连忙收起宝剑,向白隐禅师鞠了一躬,谦卑地道歉。

白隐禅师面带微笑,温和地告诉武士:"天堂之门由此敞开!"

不论是以"傲慢"来向郭子仪解释傲慢的禅师,还是这位用幽默生动甚至含了惊险方式使武士懂得了"当你萌生行凶作恶之念时,你正向地狱迈进;当你谦卑慈爱时,你已身在天堂"的道理的禅师,除了智慧,他们都还有一种无私无畏的精神。如果看到宰相就奴颜婢膝,或看到武士就胆战心惊,还会是这样的结局吗?

💡 心得便利贴 -------------------

　　虚空的谷穗总是昂首向天,只有饱满的谷穗才能俯视大地。谦虚不仅是一种品德,也是进取和成功的必要前提,因为谦虚的人经常会发现不足,从而能不断努力完善自我,弥补缺憾,成就梦想。

原 味

严展堂

有一位朋友吃牛排，总在未加酱之前，先切一小块，尝尝牛排的原味；喝咖啡时，习惯在放糖、奶精之前，先啜一口，尽管它是苦涩的。

认识小野已经很久了，他的第一部作品《蛹之生》曾经风靡多少莘莘学子，也吸引我阅读他的一部又一部作品。这些年来，显然他的关怀面更加广泛、切入点更加精准、技巧愈加圆融纯熟，但我对其热度似乎已退，是我移情别恋还是他的魅力稍减？答案，很久以后我才找到。

偶然在《中国时报》读到一篇沈君山教授评大陆围棋高手聂卫平今昔棋风之转变的文章：聂卫平这些年南征北讨，将他的下棋技巧磨炼得更加纯熟，经验更加丰富，下棋也就愈加稳重。但当年在北大荒，地处辽阔，百里不见人，而培养出独尊天地的霸气，已不复见。换句话说，失去了"原味"！

蓦然发现答案就是"原味"。就是"原味"两字，让我觉得小野离我愈来愈远，小野当然还是小野，只是已非当年我初认识的小野。更成熟后的小野，好比加入奶精和糖的咖啡，虽更容易入口，但我却怀念苦涩的咖啡原味。

记得有一个故事：

同学们都迷恋师大附近的麻辣牛肉面，有一次同他们一起去吃，见同学们个个涕泗纵横，直呼过瘾。我问其中一位"好吃吗?"他边擦眼泪、边吸鼻涕地说："辣得够味!"这才晓得原来同学们是被"辣"所迷惑，而忘了"原味"是牛肉面。

不否认佐料的作用，只是要调到恰到好处，很难！相信看过李安电影《饮食男女》的人，应不会忘记剧中郎雄饰演大厨的角色。一个好厨师，必定要有敏锐的味觉，因为味觉关系着佐料调放的适度与否。佐料的不适当，会遮盖了原味，让菜变得不好吃；佐料若恰到好处，除能保持原味，更能诱发另一种风味。

在瞬息万变的世界，如何才能在待人处事方面逐渐圆融，却又不失去个人风格？如何在汲汲名利之时，尚能把持自己，保有一颗赤子之心，更保有自己的"原味"？

心得便利贴

在竞争日益激烈的今天，为了生活很多人都失去了自我，在忙碌中度过每一天。但是，平庸的一生不应属于我们。寒冬里绽放的腊梅才能笑傲群芳，暴风雨后的彩虹才能拥有七彩光芒，让我们展现真我风采，活出精彩人生！

记住低头

黄春景

被称为美国之父的富兰克林，年轻时曾去拜访一位前辈。年轻气盛的他，挺胸昂首迈着大步，进门便撞在门框上。迎接他的前辈见此情景，笑笑说："很疼吧？可这将是你今天来访的最大收获。一个人活在世上，就必须时刻记住低头。"

无独有偶，记得也有人问苏格拉底："你是天下最有学问的人，那么你说天与地之间的高度是多少？"苏格拉底毫不迟疑地说："三尺！"那人不以为然："我们每个人都有五尺高，天与地之间只有三尺，那不戳破苍穹了！"苏格拉底笑着说："所以，凡是高度超过三尺的人，要长立于天地之间，就要懂得低头呀。"

大师说的"记住低头"和"懂得低头"之说，就是要记住不论你

的资历、能力如何，在浩瀚的社会里，你只是一个小分子，无疑是渺小的，要在人生舞台上唱低调，在生活中保持低姿态，把自己看轻些，把别人看重些，把奋斗的目标看高些。富兰克林就从中领悟到了深刻的道理，并把它列入一生的生活准则之中，促使他后来成就一番伟业。

其实，我们的生活又何尝不是如此呢？如果把我们的人生比作爬山，有的人在山脚刚刚起步，有的正向山腰跋涉，有的已信步顶峰。但此时，不管你处在什么位置，请你记住：把自己放在山的最低处，时时警醒自己。即使"会当凌绝顶"，也要记住低头，因为，在你所经历的漫长人生旅途中，总难免有碰头的时候。

心得便利贴

"金无足赤，人无完人。"面对自己的错误和不足，要学会"低头"，只有学会"低头"，才能正视自己的错误。人生之路漫长曲折，高昂着头是无法看清脚下的路的，只有低头前行，看清脚下的路，才能走得更稳，走得更远。

7岁的"蚊帐大使"

皮 皮

2008年9月，美国各大电视台、报纸，乃至网络都刊登了一个7岁小女孩的巨幅照片，这个叫凯瑟琳的小女孩引起了美国乃至整个世界的轰动……

PBS电视台的这部非洲记录片讲述了非洲有一种叫疟疾的病，每年都会杀死80多万个非洲孩子，算起来平均每30秒钟就会有一个小孩因疟疾而死亡。5岁的凯瑟琳蜷缩在沙发上扳着指头数起数来，当她数到30时，眼里露出了惊恐的表情："妈妈，我们必须做点什么！"

母亲琳达抚摸着女儿的头发让她不要着急，然后上网查找相关资料。她回答凯瑟琳说："蚊子会传染疟疾，有一种泡过杀虫剂的蚊帐可以保护小孩子们不被蚊虫叮咬！"凯瑟琳疑惑地问："那他们为什么不用蚊帐呢？""因为蚊帐太贵了，他们买不起！"

第二天早上，凯瑟琳问琳达："妈妈，如果我不再吃零食，不再买芭比娃娃和故事书，能买一顶蚊帐吗？"这下子，琳达终于明白了凯瑟琳的心思。那天放学后，凯瑟琳亲手把捐赠的第一顶蚊帐送进了邮局。2006年8月，当凯瑟琳又汇出100美元后，很快就收到了"蚊帐协会"特别定制的荣誉证书，证书上郑重地写着："感谢您的10顶蚊帐——致'蚊帐大使'凯瑟琳。"证书中还有一封来自"只要蚊帐"协会乔治先生的信，他在信中说："亲爱的'蚊帐大使'凯瑟琳，很高兴地通知你，你的蚊帐将被送到非洲加纳斯蒂卡村庄，那里常年干旱，有550户人家……"

550户人家？凯瑟琳入神地盯着这个数字，郑重地对妈妈说："帮我告诉乔治叔叔，我会尽快帮加纳斯蒂卡村庄凑够蚊帐的！"凯瑟琳的野心让琳达吃惊不小，不过她很快发现，愿意帮助凯瑟琳完成心愿的人可不止她一个。2006年圣诞节前夕，社区的牧师突然登门拜访，他真诚地说："我简直不敢相信凯瑟琳小小年纪，却有那样罕见的爱心和力量，我想让她去教堂演讲蚊帐募捐的故事！"从那以后，凯瑟琳经常被邀请去讲述蚊帐救人的故事，她不断强调："加纳斯蒂卡村庄有550户人家，他们需要550顶蚊帐……"

凯瑟琳和好朋友们一起精心制作了上百张新的证书，准备给最新一期福布斯富豪排行榜上的每个人都寄一张，向他们募捐！凯瑟琳在一张证书上认真地写道："亲爱的比尔·盖茨先生，没有蚊帐，非洲的小孩会因为疟疾死掉，他们需要钱，可是钱在您那里……"

2007年11月5日，电视里播放了一条新闻：比尔与梅琳达的盖茨基金会为"只要蚊帐"协会捐献了300万美元！第二天，琳达接到了"只要蚊帐"协会乔治的电话，他激动地对琳达说："比尔·盖茨基金会的人说，他们通过一张证书联系到了我们，那上面好像说给非洲孩子买蚊帐的钱都在盖茨那里，他们想不拿出来都不行……"乔治和琳达都

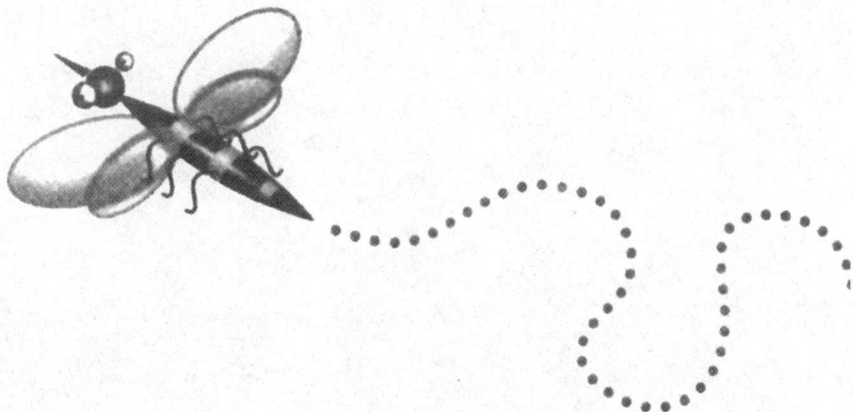

哈哈大笑起来，笑着笑着，琳达的眼角流出了泪水，她紧紧地抱起自己美丽的女儿凯瑟琳。

截至 2008 年 7 月，凯瑟琳已经筹够了 6 万美元，可以买 6000 顶蚊帐——足够拯救近两万人。

💡❤ **心得便利贴** ------------------

　　爱是善良的源泉，它让每个人的心田都不再贫瘠，让世界处处布满阳光。正是这种爱，为黑暗的地方点燃希望。为寒冷的地方送去温暖，从而将人间变为天堂。

甘甜的不只是井水

崔修建

在通往某旅游区的路旁，住着一位心地善良的老人。老人有一口井，据说打到了泉眼上，因此不仅水量充裕，而且特别的清澈、甘甜，来往的过路人喝一口他的井水，总忍不住要喝第二口。

在旅游的旺季，那些来自远方城市的大小车辆，总会在老人的小屋前停下来。那些游客中偶有一人喝了老人的井水，总会惊讶得大声地呼唤同伴快来品尝。

于是，众人就拥到老人的井旁，痛快地喝着井水，不住地赞叹，说那井水比他们随身携带的高级饮料还好喝，有的游客干脆倒了饮料，灌上井水；还有觉得不过瘾的，就向老人借个壶装上满满的一壶，带在身上。

　　老人看着那些城里人畅快地喝着井水，听着不绝于耳的赞美，心里美滋滋的，嘴里不断地让着："好喝，就多喝点儿，这井水喝不坏肚子，还治病呢。"

　　看老人如此热情，又听说井水还能治病，游客们喝得更来劲儿了。有不少人临走时，还没忘了把大壶小桶装得满满的，说带回去给家里人尝尝。

　　游客中有人就嬉笑说："老人家，喝你的井水，你应该收费啊。"

　　老人就摇头："喝点儿水，还收什么费呢？愿意喝，你们就只管喝个够。"

　　看到老人如此慷慨，很多游客就把身上带的好吃的、好喝的，争着抢着往老人手里塞，说让老人品尝品尝他可能没吃过的从城里带来的东西。

　　老人一再推让不得，就像欠了游客许多似的，忙着跑到园子里，摘些新鲜的瓜果塞到大家兜里，看着他们高高兴兴地吃着、喝着，他也兴奋得跟过年似的。就这样，不知不觉过了好几年，老人和他的那口井不知接待了多少游客。

　　有一年，老人病了，被他的儿子接到县城里了，他的一个侄子来替他看屋。

　　游客又来喝井水了，他的侄子见此情景，觉得发财的机会到了，就灌了许多瓶井水，摆放在路口，标价出售。

　　奇怪的是，竟无人问津。

　　老人的侄子就埋怨：这些城里人真抠，光想不花钱喝水。游客们则议论纷纷：井水都拿来卖钱了，这人挣钱也真是挣绝了，再说他那瓶子干净吗？水里放别的东西没有？……

　　于是，老人的小屋前，再没了往年热闹的场面，人们下车也只是方便方便，没人去讨水喝，更没有人给老人的侄子送东西了。似乎人们忘了或根本不知道眼前还有一口清泉，那清澈、甘甜的井水，足以让人陶醉。

老人病好归来后，又开始免费供应井水，前来喝水的游客又渐渐地多了起来，游客们纷纷地给老人带来很多物品，有的还很贵重，老人推都推不掉，还有不少人真诚地邀请老人去城里做客……

💡 心得便利贴

道理就这么简单：一样清澈、甘甜的井水，慷慨地馈赠，得到的是真诚的感激和酬谢，而一味地贪图回报，收到的则是无端的怀疑和冷落。如那句俗语所言"送人玫瑰，手有余香"，多给他人一些滋润，自己也必将得到滋润。

瓶水之爱

马　德

一个不常出差的年轻人这次要出差，是去很远的地方，而且途中还要辗转好多个地方。

临行前，母亲在一旁为他整理行囊，不一会儿，便装了鼓鼓囊囊的一大包东西。他一边翻拣着背包一边露出不以为然的笑意，因为里边除了必要的物品之外可带可不带的东西实在是太多。他对母亲说："出远门，不需要拿这么多东西的。"于是，他把母亲装进去的东西又一件一件地拿了出来。他怕伤了母亲的心，每拿出一件的时候，都要简单地解释一下。

到后来，他翻出一瓶水，用很大的塑料瓶盛着的一瓶水，他随即把这瓶水也拿了出来。心想带这个实在没必要，火车站、码头，到处有卖水的地方，一两元一瓶的矿泉水，极便宜的。带一瓶水，多重啊。虽然他依旧是笑着解释不带的理由，但看得出来，他心里多少有些责备母亲在帮倒忙了。

在此之前，母亲一直静静地站在一边，任由儿子把她装进去的东西，再一件一件地拿出来。但当儿子拿出这瓶水的时候，母亲似乎并没有听儿子的解释，便抓起那个瓶子，重新塞进背包里，嘴里念叨着："这个你一定得带上，这个你一定得带上。"

母亲还未放妥当，谁知儿子又一次把水瓶扔出来。水瓶落在床上，发出一声闷响。"带这个干什么，这么重，谁愿意背！"看来他有些不耐烦了。

空气似乎凝滞了一会儿。最后还是母亲打破了这片刻的沉闷，她有些踌躇地走过去，把那瓶水又重新装进了包里，说："还是带上吧，重就重些，这次你去的地方远，妈怕你水土不服，特意为你装了一大瓶家乡的水。"

母亲接着说："在你很小的时候，第一次带你回东北的老家，你却闹起了肚子，那时候妈妈不懂，害得你闹肚子好长时间，人也瘦了许多，后来，听说这叫水土不服。老辈人讲，到了一个生地方后先喝几口家乡水，情况就好些，妈把这话牢牢地记在了心里。以后再带你回爷爷家，妈在大背包中，总是忘不了带上一大瓶家乡的水。别说，这一招还真管用。这回就为你准备了这瓶水，心想带上终归没有坏处的。"

这次儿子没再拒绝，泪眼模糊地看着母亲为他所做的一切。

我们或许并不是每时每刻都能意识到平淡的生活中其实蕴藏着许多爱的细节。它琐碎、细小，像一丝风，似一缕雾，淡淡的，藏在生活某

个不起眼的环节上。或者说，它更像是一滴水，早已默默地渗透在生活的深处。可惜，活得很粗糙的我们，往往感受不到。就像这瓶水，我们更多的时候只把它简单地看成一瓶水，殊不知，在水的晶莹中，蕴含着母亲那玲珑剔透的爱心。

心得便利贴

母亲对我们的爱，体现在细微之处、点滴之间，而这正是母爱的伟大之处。所以，请不要吝惜你的爱，怀着感恩的心去感受母爱，那才是人类最纯净的情感。

温柔的抚摸

易水寒

　　小男孩6岁时就开始学钢琴。6岁的小男孩学钢琴要比同龄人付出更多的汗水和泪水。小男孩很认真地练着，他知道妈妈就坐在他的旁边，妈妈一定在慈祥地注视着自己。每天上午，妈妈都带小男孩到文化宫来练习弹琴，那种弹奏是单调的，所以在弹到高潮的时候，妈妈常用手抚摸他的头，妈妈那温暖的气息就随着这温柔的触摸漾遍他全身，让他振作起所有的精神。中午的时候，妈妈再牵着小男孩的手回家。在路上，一边走，妈妈一边告诉小男孩，小心点儿，你的左边有一口下水井，别踩到里面去——小男孩看不见路，他一出生就双目失明。

　　16岁时，这个男孩从学习钢琴的同龄人中脱颖而出，并且有了第一次登台演出的机会。主持人给他描述现场的情况："今天到场的有很多国家领导人，都在第一排就座，他们可以看清楚你的一举一动。会场上共有五千多名观众，都是社会名流，其中还有一些是音乐界的权威。"主持人说这

话时没有注意到小男孩手在微微发抖，脸上渗出了细密的汗珠。

正在现场采访的记者发现了这一细节，她上前握住了男孩的手问："你怎么了？"小男孩说："我，我的心里真的好紧张啊……"记者想了想告诉他："孩子，你妈妈今天来了吗？""是的，不过她现在坐在台下的观众席上。""好孩子，你一定要记住，今天最重要的观众只有一个人，那就是你的妈妈。你今天只是在为你的妈妈演出！"小男孩点点头，从容地上场了。

行云流水般的琴声从男孩手下汩汩流出，忽而高亢，忽而缠绵，忽而又如小鹿欢快跳跃。长达 8 分钟的演奏强烈地震撼了每个观众的心。那是一次非常成功的演出，当男孩起身向台下观众致谢的时候，全场掌声雷动。

节目结束时，记者现场采访了一位观众，让他谈谈自己的感受，观众很激动地告诉她："那个小男孩弹得太棒了，我闭眼听着的琴音，就好像妈妈的手在抚摩我的头。"

心得便利贴

　　孩子的成长，离不开母亲的精心呵护。母亲温柔的抚摩、细心的叮咛、谆谆的教诲是孩子成长的催化剂。母亲永远是孩子温暖的避风港，是孩子心灵的寄托。

温暖我一生的冰灯

马 德

总有一些东西是岁月消融不了的。

8 岁的那年春节，我执意要父亲给我做一个灯笼。因为在乡下的老家，孩子们有提着灯笼走街串巷过年的习俗，在我们看来，那就是一种过年的乐趣和享受。

父亲说："行。"

我说："我不要纸糊的。"父亲就纳闷：不要纸糊的，要啥样？我说要透亮的。其实，我是想要玻璃罩的那种。腊月二十那天，我去东山坡上的大军家，大军就拿出他的灯笼给我看，他的灯笼真漂亮：木质的底座上是玻璃拼制成的菱形灯罩，上边还隐约勾画了些细碎的小花。大军的父亲在供销社站柜台，年前进货时，就给大军从很远的县城买回了这盏漂亮的灯笼。

我知道，父亲是农民，没有钱去买这么高级的灯笼。但我还是想，父亲能给我做一个，只要能透出亮就行。

父亲说："行。"

大约是年三十的早上，我醒得很早，正当我又将迷迷糊糊地睡去时，突然被屋子里一阵窸窸窣窣的声音吸引了，我努力地睁开眼睛，只见父亲在离炕沿不远的地方，一只手托着块东西，另一只手正在里边打磨着。我又努力地睁了睁眼，等我适应了凌晨有些暗淡的光线后，才发现父亲手里托着的是块冰，另一只手正打磨着这块冰，姿势很像是在洗

碗。每打磨一阵，他就停下来，在衣襟上擦干手上的水，把双手放在自己的脖子上暖和一会儿。

我问："爹，您干啥呢？"

父亲说："醒了！天还早呢，再睡一会儿吧。"

我又问："爹，您干啥呢？"

父亲就把脸扭了过来，有点儿尴尬地说："爹四处找废玻璃，哪有合适的呢，后来爹就寻思着，给你做个冰灯吧。这不，把水冻了一个晚上，冻得正好哩。"父亲笑了笑，说完，就又拿起了那块冰，洗碗似的打磨起来。

父亲正在用他的体温融化那块冰呢。

看着父亲又一次把手放在脖子上取暖的时候，我说："爹，来这儿暖和暖和吧。"随即，我撩起了自己的被子。

父亲一看我这样，就疾步走过来，把我撩起的被子一把按下，又在我前胸后背处把被子使劲儿掖了掖，并连连说："我不冷，我不冷，小心冻着你……"

末了，父亲又说："天还早呢，再睡一会儿吧。"

我胡乱地应了一声，把头往被子里一扎，一合眼，两颗豌豆大的泪珠就洇进棉絮里。你知道吗，刚才父亲给我掖被子的时候，他的手真凉啊！

那一个春节，我提着父亲做的冰灯，和大军他们玩得很痛快。伙伴们都喜欢父亲做的冰灯。后来，没几天，它就化了，化成了一片水。

但那灯，却一直亮在我心里，温暖我一生。

心得便利贴

一盏晶莹的冰灯，饱含着父亲的深情与无奈，更饱含着孩子无尽的感恩。父爱无边，它不是物质的满足与给予，而是发自心灵深处的关怀，如春雨般滋润着我们的心田。相信这盏冰灯，不仅照亮了孩子脚下的路，也照亮了孩子的心灵。

购买上帝的男孩

徐 彦

　　一个小男孩捏着一美元硬币，沿街一家一家商店地询问："请问您这儿有上帝卖吗？"店主要么说没有，要么嫌他捣乱，不由分说就把他撵出了店。

　　天快黑时，第二十几家商店的店主热情地接待了男孩。老板是个六十多岁的老头儿，满头银发，慈眉善目。他笑眯眯地问男孩："告诉我，孩子，你买上帝干吗？"男孩流着泪告诉老头儿，他叫邦迪，父母很早就去世了，他是被叔叔帕特鲁普抚养大的。叔叔是个建筑工人，前不久从高处摔了下来，至今昏迷不醒。医生说，只有上帝才能救他的叔叔。邦迪想，上帝一定是种非常奇妙的东西，自己把上帝买回来，让叔叔吃了，他的伤就会好。

　　老头儿眼圈湿润了，问："你有多少钱？""一美元。""孩子，眼下上帝的价格正好是一美元。"老头儿接过硬币，从货架上拿了瓶"上帝之吻"牌饮料说："拿去吧，孩子，你叔叔喝了这瓶'上帝'，就没事了。"

邦迪喜出望外，将饮料抱在怀里，兴冲冲地回到了医院。一进病房，他就开心地叫嚷道："叔叔，我把上帝买回来了，你很快就会好起来！"

几天后，一个由世界顶尖医学专家组成的医疗小组来到医院，对帕特鲁普进行会诊。他们采用世界上最先进的医疗技术，终于治好了帕特鲁普的伤。

帕特鲁普出院时，看到医疗费账单上的天文数字，差点吓昏过去，可院方告诉他，有个老头儿帮他把钱付清了。那老头儿是个亿万富翁，从一家跨国公司董事长的位置上退下来后，隐居在本市，开了家杂货店打发时光。那个医疗小组就是老头儿花重金聘来的。

帕特鲁普激动不已，他立即和邦迪去感谢老头儿。可老头儿已经把杂货店卖掉，出国旅游去了。

后来，帕特鲁普接到一封信，是那老头儿写来的，信中说：年轻人，你能有邦迪这个侄儿，实在是太幸运了。为了救你，他拿一美元到处购买上帝……感谢上帝，是他挽救了你的生命。但你一定要永远记住，真正的上帝，是人们的爱心！

心得便利贴

爱的力量是无穷的，小男孩的爱感动了亿万富翁，救了叔叔的命。爱是心灵的润滑剂，愿每个人都能播撒爱的种子，让世界温暖如春。

没有人拒绝微笑

马国福

　　单位位于闹市区，上班时间经常有小商小贩趁门卫不注意的时候偷偷溜进办公大楼，推销商品。有时当我们专心致志地工作的时候，突然有商贩敲门，有的甚至不敲门直接推门进来推销商品，打扰我们的工作，让沉浸在材料中动脑筋的我头疼不已，十分反感。

　　有一天，一个小伙子敲门走进我们办公室，用格式化的语言礼貌地说道："对不起，打扰一下，我是某某某公司的驻地代表，请问你们是否需要电脑清洁纸巾？如果需要我们可以给你们优惠。"见多了形形色色上门推销的商贩，专心工作的我们对此并不感兴趣。一位同事说："你好，我们不需要你的产品，不要扰乱我们的工作秩序，上班时间不容许推销商品，请你离开好吗？"深受其扰的我们一脸不悦地给他冷冰冰的脸色。

　　他并没有沮丧，而是带着微笑温和地说："不买也可以啊，容许我给你试一下产品好吗？"还没等我们同意，他很快拿出一包纸巾擦拭我们电脑有污垢的部位，动作十分认真娴熟，但埋头工作的我们并没有买他的账。见状后他还是礼貌地说了声："对不起，打扰了，再见！"

　　片刻，他又来了，他说："你们领导说了，需要这种产品，请你们考虑考虑好吗？"一个同事开玩笑地说："领导需要就让领导买去，我们不需要，请你还是走吧！"同事的话没有一点儿商量的余地。他并没有因为我们的冷漠而放弃可能赢得的希望，努力详细地介绍他所推销产品的性能和好处。最终忙于工作的我们谁也没有理睬他，在我们看来，他很自讨没趣，但是他却使出浑身解数推销。无论他怎么游说，我们没有一个人动心。他还是微笑着离开了。

第二天早上一上班，他又来了。还是一样的诚恳，一样的期待，我们一样的冷漠，一样的脸色，很坚决地拒绝了，并明确告诉他如果再来打扰我们工作，我们就不客气了。让我纳闷儿的是不论我们对他有多么讨厌、冷漠、拒绝，他脸上始终洋溢着笑容，没有一点儿不悦的表情，微笑着进来，微笑着离开。我在想，如果我遇到这样情况，肯定早已放弃了。

第三天早上，他还是来了，但得到的还是同样的遭遇。我们以为吃了几次闭门羹的他会放弃，第四天不会再来了。没想到的是第四天他又出现在办公楼内，考虑到单位电脑较多，我们答应买他三百多元的产品，前提是他必须拿出正规有效的发票，否则不予购买。他的发票是上海市的，尽管有水印，但财务人员不在，我们不能确定发票真伪。最终我们明确告诉他不要了，请他到别处去推销。他眼里闪出一丝希望的光

芒，连声说谢谢，微笑着告退。

第五天他仍然来了，出乎意料的是他不但带了价值 300 元的产品，还带了税务部门的发票鉴定证明！我们买下了他的产品。他临走时，我一改往日的冷淡说："我真的服了你，难道你就没想到过放弃？有何秘诀让你如此执着？"他一脸阳光，给我一句掷地有声的话："没有一块冰不被阳光融化！没有人拒绝微笑，就这么简单。谢谢，我走了。"

我愣住了，想想也是，我们给他太多的冷若冰霜，但是最终被他的执着融化了。

没有人拒绝微笑，且这种执着的微笑精神往往是通向成功的道路。

心得便利贴

一张笑脸的背后，一定拥有着一颗乐观开朗的心。有时，生活会将不如意丢给我们，我们就需要用百倍的努力和热情去克服困难，需要用积极乐观的心态去挑战自我。

上帝的惩罚

刘国芳

男人从儿子出生的那天起，就像天下很多父母一样，对儿子百依百顺。

儿子两三岁时，男人整天把儿子顶在肩上，有很长一段时间，男人脖颈上总是温湿的一片，那是儿子尿的。

儿子逐渐长大，喜欢把男人当马骑，儿子说一声"我要骑马"，男人便趴下来，儿子跨在男人身上，大喊："驾——"男人在喊声中满屋子转，这段时间，男人所有裤子的膝盖都打了补丁。

一天，儿子看见天上的月亮又圆又亮，居然生出让男人摘月亮的想法，儿子开口说："爸爸，我要月亮。"

男人满足了儿子，男人拿了一个盆，里面装满了水，男人把盆放在月光下，盆里，真有一个月亮了，儿子趴在盆边，大叫着说："月亮在里面。"

儿子上学时，男人每天送出接进，男人总是提着书包走在儿子身后，这段时间，男人是儿子的书童。

儿子从小学到中学，又从中学到高中，到大学，再到分配工作结婚生子，这岁月不是一天两天，而是十几二十年。男人对儿子有求必应、倾其所有，男人通常衣不遮体，儿子却西装革履；男人饥肠辘辘，儿子却饱食终日，男人为儿子付出了毕生精力。岁月无情，男人在儿子年轻有为时老朽年迈了。

男人变成老人了，然而让这个老人没有料到的是，当他应该颐养天年时，儿子却把他扫地出门了。老人在被儿子推出门时，大叫："你不应该这样对我呀。"儿子没理睬老人，"砰"的一声把门关了。

老人在流浪街头的很长时间里，常常老泪纵横。老人看见一个人，便说："他不应该这样对我呀，我连天上的月亮也帮他摘过，就是没把心挖给他。"又看见一个人，又说："他不应该这样对我呀，我连天上的月亮也帮他摘过，就是没把心挖给他。"再看见一个人，还这样说，没人嫌老人啰嗦，都唏嘘不已，陪着老人伤心叹息。

一个电闪雷鸣的晚上，老人蜷缩在人家的屋檐下，饥寒交迫让老人大哭不已，老人在一道闪电过后呼号起来，老人说："上帝呀，你睁开眼睛看看我受的罪吧。"

上帝没有出现，但一个比老人更老的老人在一旁开口了，"这就是上帝的安排。"

老人听了，看着那个更老的老人说："你是上帝？"

更老的老人回答："我不是上帝，但我知道这是上帝的安排。"

老人说："你是谁？"

更老的老人说："你看看我是谁？"

老人借着闪电，一次一次地端详着更老的老人，但老人始终不知道更老的老人是谁，老人后来摇了摇头，问那个更老的老人说："你到底是谁？"

更老的老人开口了，他说："你连自己的父亲都不认识，上帝怎么会不惩罚你？"

老人这才想起，他的老父亲还在世上。

心得便利贴

"不养儿不知父母恩"，儿女被父母视为珍宝，可又有多少儿女真正体会过父母的感受？亲情是骨肉相连的浓情，是忘我无私的爱的奉献。沐浴在爱中的我们，怎能忘记父母的养育之恩，怎能不心怀感激呢？

秘　密

崔鹤同

　　他7岁，上小学二年级，他有一双非常水灵的大眼睛，乌黑晶亮、清澈透明。凝视他眼睛的时候，老师常常会有一种错觉，以为那里面正含着眼泪，像一潭水似的，晃动着，但不涌出来。

　　他是一个可怜的孩子，因为他父母离婚之后都各自有了家，他跟着年迈的奶奶一起生活。

　　奶奶只有微薄的退休金，祖孙两人有了吃的就没有穿的了，总有一样要凑合。这个孩子特别懂事。

　　小学生的作业本通常都是用得很快的，用不了多久就要买新的。没有一个同学对这件事有疑问。有一次，课间休息时，所有的同学都在操场上玩，只有他，嗫嚅着走到讲台旁，仰着小小的脸，伸出小小的手，他递给老师一支铅笔。他说："老师，我想让你以后用铅笔给我判作业，这样，作业本用完了，我用橡皮一擦，就像新的一样了。"

老师注视着这个孩子的眼睛，发现孩子的脸特别圣洁。看着看着，老师就要掉眼泪。老师拿过了那支铅笔，对孩子说："这是我们两个人之间的秘密，我一定用只有我们俩能看清楚的符号来批改你的作业。"

孩子特别开心，冲出教室，冲进同学当中。此后，有好几个星期的时间，老师真的用铅笔给他批改作业，而且悄悄地告诉他："如果你都做对了，老师就只写上优秀两个字，擦的时候也好擦。"这样，孩子一直保持了优秀的成绩。

后来，孩子的生日到了，老师买了整整100本小学生常用的练习本给他。老师说，这是对他作业一直优秀的奖励，而且，也是因为老师和他共有一个秘密。

这是一个伟大的秘密。

这个秘密的秘密就是自尊、自强、善良和爱。

心得便利贴

藏在作业本中的秘密，包含着老师理解的心和博大的爱。橡皮擦去了作业本上的字迹，却擦不去作业本上写满的深情。秘密的约定如一粒种子，在岁月的花园里舒展情感的枝蔓，绽放出美丽的心灵之花。

做一只不顺从的蝴蝶

沈 湘

"可是，我没有亲眼见到，还是有点不相信！"老师说："你该不会又要亲自做一下实验吧？弄不好你会受伤的。"可是他固执地说："难道仅仅因为怕受伤，就放过这个不知是对还是错的答案了吗？"

那次的实验，不但将他的眉毛全烧光了，还差点毁了他的眼睛。这样的事情发生在他身上不下千次。可他从来就没有退却过。有一次，他决定做一个实验，他想，如果将盐酸滴到紫罗兰花瓣上，不知是个什么结果。老师连想都没想就对他说："这个实验将没有任何意义，因为结果我早就从教科书上得到了，盐酸对紫罗兰花瓣不起任何作用！"

但固执的他还是坚持做了这个实验。他把一滴盐酸滴到紫罗兰花瓣上后，不一会儿，花瓣竟由紫变红了。这个结果不但使他很惊奇，也使他的老师很惊奇。他又用其他各种酸性溶液做同样的试验，结果紫罗兰同样都由紫色变成了红色。

这一发现使他大为兴奋，后来，他又用碱做实验，发现碱也能使紫罗兰改变颜色。就这样，他发明了鉴别酸与碱的指示剂——石蕊试纸，为科学研究工作带来了很大的方

便。他就是伟大的科学家——波义耳。波义耳还根据实验阐明了气压升降的原理，并发现了气体的体积随压强而改变的规律，后来采用在物理学中被称为"波义耳定律"。

波义耳常常跟自己的学生们说起，自己小时候看到的那只逆风飞翔的蝴蝶。他说，风儿可以吹飞一张大纸，以及更多更重的东西，却无法吹跑一只弱小的蝴蝶，因为生命的力量是不顺从。也正是因为不顺从，才让生命有了力量！

心得便利贴

生命不是一成不变的轨迹，不是弱不禁风的草芥，它拥有扛起命运的力量，拥有承载梦想的信念，是生生不息的源泉。所以，不要在命运面前低下高贵的头颅，不要为暂时的失意而黯然神伤，敬畏生命，努力奋斗，希望就会成为现实。

紫鱼不会生在海里

飘

儿子来找她时，一瘸一拐，眼泪鼻涕涂成了花脸。她从小就惧怕血，就连电影里血肉横飞的画面都害怕看。但此时，她必须对着儿子腿上血淋淋的伤口轻松地微笑。因为她是妈妈。

儿子哭丧着脸，"妈妈，我会很长时间不能洗澡。""妈妈，同学们都穿短裤，我却不能。""妈妈，我讨厌这个伤口，它不仅疼，还很丑。""妈妈，妈妈……"她不是不理解儿子的烦恼，明知有些伤是无法回避的，也似乎总令人束手无策。可现在，她必须有办法。因为她是妈妈。

低下头想这些的时候，竟不经意地看见自己颈上的珍珠项链。她已经有办法了。

她把儿子抱在床上，找来一盒保鲜膜。"妈妈，你要做什么？"她冲儿子挤了挤眼睛，并不说话。儿子一下子兴奋起来。几分钟后，一条被保鲜膜紧紧裹住伤口的"透明腿"出现在儿子面前。"走，儿子，洗澡去。"儿子洗澡从没有如此开心过，轻盈的水流暖暖地滑过他"透明"的伤口，有一丝丝的痒，却一点都感觉不到疼。儿子禁不住欣赏了一遍又一遍。

洗完澡，她再次把儿子抱上床，轻轻地除去了儿子腿上的保鲜膜，伤口一点都没湿。儿子和她心照不宣地对视了一眼，骄傲地笑了。她找来了紫药水、消毒棉棒和白纱布，用棉棒蘸了紫药水，小心地抹在儿子膝盖处的那片狭长的伤口上，触目惊心的血色转眼变成了浓浓的紫色。

"多难看啊!"儿子嘟起小嘴来。她微微一笑:"不,宝贝,你很快会喜欢它的。"

她换了另一根棉棒,小心翼翼地撕去了棉球上的一些棉花。等再从紫药水里取出的时候,那根棉棒竟有了尖尖的、软软的笔锋,像一枝蘸了浓墨随时待命的毛笔。她把那只奇怪的笔在儿子眼前晃了晃:"宝贝,看妈妈变魔术。"儿子眨了眨眼,有点疑惑。她拿起了"笔",在伤口的最下面飞快地点了几下,鱼儿灵动的尾巴竟然出现了。"哇!"儿子惊喜地欢呼了一声。他兴奋地看着妈妈手中翻飞的"笔",忽而在伤口的顶端涂出两个鼓鼓的圆圈,忽而又在圆圈之间搭起了两条细细的、微微翘起的弧线。"是眼睛和嘴巴!"他激动地大声喊了出来。接着,她又在伤口的两边点完了最后几笔,鱼的几片鳍便长了出来。儿子的眼睛睁得圆圆的,嘴张得老大老大。

画画她一点都不专业,仅是儿时留下来的一丝兴趣。但那有什么要紧呢,重要的是她心里有什么,她便给儿子什么。

她的心里,有一条美丽的紫鱼。

她摘下了脖子上的珍珠项链,放到儿子手里,给他讲了一个故事。

张开的河蚌有沙粒侵入,就如同人的眼睛迷上了灰尘,会又痛又痒。但是,并不是每一颗沙粒都会被河蚌幸运地排出。那时,河蚌就会分泌出一种如同人的眼泪一样的物质,把伤害它的沙粒包围起来。久而久之，沙粒的外面便包上了一层又一层晶莹的河蚌"眼泪"，那便是他手心里捧着的洁白美丽的珍珠。

"宝贝，澡依旧可以洗，短裤依旧可以穿，伤口也不是只能无奈回避。如果有一天你能像河蚌那样去勇敢面对沙粒，你也就成为和妈妈一样神奇的魔法师。"

总有一天，她会让儿子明白：一个能够欣赏丑陋的人，那一定是个美丽的人；一个能够把疼痛化作骄傲的人，也一定没有什么可惧怕的。美丽的紫鱼，不会生在海里；就像璀璨的珍珠，只源于河蚌的眼泪。

心得便利贴

能够欣赏丑陋的人，才会知道什么是美丽；能够直面疼痛的人，才会珍惜难得的幸福。珍珠正是经历了时间的磨砺，才闪耀着夺人的光彩。简单的道理，正是人生的真谛。

山中少年

吴庆康

　　每次到一些所谓比较落后的国家旅游，在偏远山区遇见那些没有见过大城市的乡间小孩，总会怀疑到底是我比较幸福，还是他们比较幸福。

　　不久前在缅甸的 Kyaikhtjyo 小镇遇见一个帮游客扛行李到著名景点的少年。看他瘦瘦小小，却一个人把我们四个人的行李都顶上了头，在细雨中穿着破旧的拖鞋带领着我们上山。

　　我们四个人的包肯定不轻，少年也不见得扛得轻松。但他哼也不哼，稳步向前，而且总是要走在我们前头带路。在外国我是个从来不给小费的吝啬鬼，但这个少年的敬业让我破了例，还没到山顶我已经决定重重奖赏他了。

　　望着少年，我在想，他会不会就这样一辈子被困在山中，每天就是靠着替人扛行李赚那几块钱的生活费？如果把他带到大城市，他会不会有更多的选择？他会不会还想要当苦力？他会不会比较开心？以后的他会不会比较幸福一点？

　　后来和友人聊起，他觉得我这样的想法并不实际。山中少年或许永远都不会有机会离开家乡到大城市看这个世界五花八门的一面，但那未必就代表他不幸福。

　　一个没在花花世界耳濡目染过的现代人，也不会有太多机会让他有各种欲望，那未尝不是一种幸福。

　　被生活周遭太多物质所诱惑的我们，往往在得到后还想得到更多，欲望之洞无边无底永远填不满，快乐似乎总是可望而不可即，我们辛苦工作努力赚钱，但时间总是不够用，钱从来赚不够。

到底是谁更幸福，实在说不准。

说回那个山中少年，因为一份怜悯，因为他机灵的模样，我们要他第二天早上八时回我们落脚的客栈，帮我们扛行李下山。隔天一早还未到时间，他已经冒雨赶到。还是昨天的脏衣服，还是昨天的烂拖鞋，他非常倔犟，就是不肯踏进客栈避雨。

不知道那是他们的工作"礼仪"，还是自尊心问题，但我很欣赏他的骨气。

下山途中，两只野狗在他身边转呀转，看他与狗之间的交流，真的觉得他和狗都是快乐的。可见每个人在自己的世界里都可以找到属于自己的舒适空间，生活环境安逸与否，生活条件好或不好，都只是相对的。

山中少年必然也有我看不到的愁苦时刻，只不过问题是，当我对他产生怜悯的那一刻，我在潜意识中其实已经有点瞧不起他那种简陋的生活方式，并没有把他放在与我对等的地位。

到底谁更幸福呢？

心得便利贴

物质生活殷实的游客和不计物质生活的少年，他们谁更幸福？每个人对这个问题都有自己的答案。可是不要忘记，悠然自得的生活是我们每个人心中都向往的。

创意卖书

李建雄

日本连锁书店"前卫村"是这样卖书的：店面的书架上陈列着村上春树的《挪威的森林》一书，旁边跟着摆放的是当初村上春树写这本书的几个灵感来源，包括收录披头士同名歌曲《挪威的森林》的专辑 CD、曾被改编为电影的《第凡内早餐》一书。在《第凡内早餐》这本书的旁边，又跟着摆放主演该电影的奥黛丽·赫本的各幅照片，形成一个层层相连的主题展示区。前卫村卖的不只是《挪威的森林》这本书。

《福布斯》杂志最近报道，这种卖书的方法，让前卫村在业界普遍不景气的情况下杀出一条生路。日本阅读书籍的人，正在逐渐消失，过去八年来，日本书籍杂志的营业收入以每年平均百分之二的速度下降，老字号大型书店亏损连连。不过，1986 年创立的前卫村书店不减反增，如今在日本共有190 家连锁店，去年营业收入达1.2 亿美元。

主题式陈设书籍，不只是玩创意，让店面更能吸引顾客，其交叉销售还能增加利润。例如，只贩售一本游记的利润不高，但兼卖飞机模型、小型旅行箱，或是与旅游相关的纪念品和用品，利润就能提高。

前卫村除了发挥创意增加收入，也谨慎掌握支出结构。以员工薪资为例，员工在刚加入公司前三年，几乎都只能领到法定的最低基本薪资，只有真正愿意长期留在公司的人，从第四年开始才能获得加薪。

除了避免薪资成为征才留才的致命伤，前卫村还给予员工许多工作上的自由。例如，前卫村没有日式企业常见的传统制式规定，员工早上不必一起呼喊精神口号或是做早操。公司只提供各分店所有合作供应商的产品目录，其余的事情店主可以自行决定，包括进哪些书，如何布置店面等。对于真正爱书的员工，公司不用高薪就能够吸引他们。

从村上春树卖到披头士，不给高薪而给自由，前卫村的另类做法，也在业界交出了另类的成绩单。

心得便利贴

商业需要创意，生活也同样。创意是海洋中的层层浪花，花园中的朵朵奇葩。为了让我们的人生路上精彩无限、快乐无穷，那就赶快开动脑筋，放飞你富有创意的思绪吧！

不要与风向较劲

崔修建

　　他大学毕业后进了一家政府机关，工作很轻闲，许多人都把大块的闲暇时间交给了喝茶、闲聊和游戏。最让他难以忍受的是每周至少一次的所谓学习例会，其内容不过是读读报刊上的一些材料或听几位领导冗长而空洞的讲话。很多人对那样的学习例会都心不在焉，但没人提反对意见，大家早已习以为常了。

　　他觉得在这样了无生气的单位庸庸碌碌地混下去，绝对不是一件好事，但他无法放弃这份既体面收入又不错的工作，只得苦恼地劝慰自己现实一些，慢慢去适应吧。

　　那是夏日的又一次百无聊赖的学习活动，室内外的闷热和领导乏味的讲话，弄得许多人已昏昏欲睡。可是，管档案的老田却精神抖擞，他以手指为笔在桌面上比比划划，一副全神贯注的样子，引得他好奇迷生。他听说老田在 45 岁那年才开始迷恋书法艺术，如今已是中国书法家协会会员，他的作品行销海内外，已出版多本字帖和专著。

　　怀着敬佩之情，他向仍是单位一名普通职员的老田请教，问他在那个缺乏进取意识的环境中是怎么走向成功的。老田淡淡地道："其实也没什么，我只不过是懂得不跟风向去较劲儿罢了。"

　　"不跟风向去较劲儿？"他有些困惑地望着老田。

　　"是啊，我们每个人有时很难改变风向，但我们可以轻松地改变自己在风中的姿态，最重要的是别忘了自己的方向。"老田简单的话语里藏着深刻的生活感悟。

老田的一席话犹如一缕清凉的风，吹醒了沉迷的他。没错啊，自己的方向是什么？自己又为心中的梦想付出了多少努力？与其坐在那里抱怨环境，不如马上行动，改变自己，就像老田那样，学会好好经营自己的人生。

从那以后，他在勤勉地做好自己的本职工作之余，开始利用一切时间去一点点圆他大学时代诞生的作家梦，当别人闲聊、游戏的时候，他抱着文学书籍苦读、深思，学会了闹中取静、乱中取静，甚至不再讨厌那些无聊的学习活动，因为他已经渐渐地学会了在那样的氛围中，也能精神放松地构思自己的作品。

数年后，他的作品纷纷地见诸各类报刊或出版成书并多次获奖，因突出的创作业绩，他已被调入一所大学中文系，一边从事他向往的教学工作，一边安心地进行文学创作，真正实现了物质和精神的双丰收。

大学同窗聚会时，不少同学在羡慕他的成绩之余，纷纷慨叹自己的工作环境不理想。这时，他便讲了老田的故事，讲了老田那耐人寻味的口头语："别跟风向较劲儿。"

心得便利贴

面对波澜不惊的生活，我们会说自己无法改变"风向"。但是你可知道，虽然你无法改变风向，但你可以借着风力飞翔，体会"好风频借力，送我上青云"的豪迈，要知道，成功在等待自信的人去拜访。

做不可多得的人

魏 鹏

在一个单位工作，弄不好就有可能使自己成为一个多余的人。如果成了多余的人，那就离下岗不远了。因此，我们无论在何单位，做何工作，都要努力使自己成为一个不可多得的人。

在 20 世纪二三十年代，斯泰因梅茨因发明了交流电，与大发明家爱迪生齐名。但他移居美国的时候，身高只有 1.5 米多一点儿，驼着背，头显得特别大，不时地咳嗽，年龄又偏大。这样的模样，就是在当今的人才市场上怕也很难找到工作。他当年以电器工程师的身份求职的时候，就处处碰壁，没人愿意雇用他。最后，他抱着一线希望，向工厂主依克梅尔出示了一封朋友的推荐信。依克梅尔不看僧面看佛面，就给了他工作。虽说那时厂子并不很景气，但多个人倒也没什么。斯泰因梅茨很愿意解决问题。他与爱迪生不同，他不去设计制造模型，而只是用纸和笔。他整天翻阅各种资料，然后运算和思索，纸上密密麻麻地写满了各种数据。一年以后，他终于研究出了解决问题的办法和各种所需的数据。工人们用他的成果，果然制造出了散热好的电动机，一时间使依克梅尔工厂的电机销量大增。斯泰因梅茨也一举成名。

美国总电器工程公司主动派人来"挖"他，并指示可以不惜任何代价。斯泰因梅茨却不答应，他说："依克梅尔先生不愿意我离开，你们即使给我 10 倍的报酬我也不会动心，我有义务在依克梅尔先生还需要的时候留在这里。"总电老板闻言，便立即拍板：索性出高价买下依克梅尔工厂，因为这是得到斯泰因梅茨的唯一方法。

1923 年，福特公司最大的一台电机发生了故障，公司所有的工程师会诊了两个多月都没能找到毛病，最后，公司找来了斯泰因梅茨。只见他在电机旁搭了帐篷安营扎寨，然后整整检查了两昼夜。他仔细听着电机发出的声音，反复进行各种计算，又登上梯子上上下下测量了一番，最后，他用粉笔在这台电机上画了一条线作为记号。斯泰因梅茨对福特公司的经理说："打开电机，把我做记号处的线圈减少 20 圈，电机就可以正常转动了。"工程师们将信将疑地照办了，结果，电机修好了。事后，斯泰因梅茨向福特公司要价 1 万美元作为报酬。福特的工程师们哗然，说画一条线就要这么多钱，这价也要得太高了。斯泰因梅茨不动声色地在付款单上写道："用粉笔画一条线，1 美元；知道把线画在电机的哪个部位，要 9999 美元。"

就这样，斯泰因梅茨通过不断的努力，终于由一个多余的人变成一个不可多得的人，不仅成为本单位不可多得的人，也成为全世界不可多得的人。至于他不为 10 倍的报酬而动心，让人们想到的是他高尚的人格和境界，而他在付款单上的签字，又让人们想起王安石的诗句："看似寻常最奇崛，成如容易却艰辛。"

心得便利贴

每一个天才耀眼光环的背后，都是一条洒满汗水的漫漫长路。他们能成为不可多得的人，是因为他们付出了常人所无法想象的努力。斯泰因梅茨向福特索价 1 万美元的理由，就是那背后堆积如山的演算草稿。

贝多芬的铿锵人生

梁锦华

贝多芬出生于一个有音乐细胞的家庭，其祖父曾是波恩当地的乐队队长，而贝多芬的父亲早年则在宫廷乐团担任男高音歌手，由于喝酒成性，渐渐的嗓子就不再适合唱歌了。

有一个有音乐才能但却喜欢喝酒的父亲，可以说是贝多芬的幸运，也可以说是他的悲哀。父亲从小就对贝多芬寄予厚望，期望他当一名莫扎特式的音乐神童。在贝多芬4岁的时候，父亲就要求他在一天内至少得练熟五首曲子，练到手麻了、脚肿了仍不能休息，即便是这样，父亲喝醉后稍有不顺心还对他施以鞭打。

贝多芬的童年几乎都在父亲的苛求下度过。父亲的严厉对贝多芬也有着好的一面，他的钢琴水平有了很大提高。贝多芬8岁就成功举行了一场独奏音乐会。后被送往有名的音乐家聂费那里学习钢琴和作曲。10岁就发表了第一首钢琴变奏曲。

贝多芬的酒徒父亲不仅酗酒还赌博，家里的生活便更是难过了。11岁那一年贝多芬便担负起家庭的生活重担，为了生存他加入了波恩剧院的乐队，14岁的时候便担任了宫廷里的大风琴手，不仅要排练还要为贵族小姐们上音乐课。为了生活，他不得不奔波劳碌。

17岁的时候，他得到了去音乐之都维也纳学习的机会，还拜见了莫扎特。"你们要注意这个孩子，他将来会惊动全世界的。"这就是莫扎特对他的评价。

正当贝多芬在维也纳刻苦学习的时候，母亲身患重病，他重返故乡。不久母亲病逝，酒徒父亲更是嗜酒如命，他不得不承担起两个弟弟受教育的经济责任，他放弃了在维也纳的学习，又到剧院里去弹钢琴、拉手风琴和小提琴。

贝多芬22岁那一年，得到海顿的鼓励继续到维也纳深造。住的是破房，练的是租来的钢琴，贝多芬就是在这样艰苦的环境里学习的。

由于他不懈的努力，25岁的他终于在维也纳的艺术舞台上占有一席之位。他经常以钢琴家的身份登台演出，而且弹奏的都是自己创作的作品，他得到了人们的肯定。

正当贝多芬的音乐事业逐步发展的时候，他的耳朵经常会听到嘈杂的声音。32岁那年他的耳朵彻底聋了。这对于一个搞音乐的人来说，

无疑是个致命的打击。

　　然而，这一切并没有将贝多芬击垮，他还是靠着顽强的毅力创作了大量的交响乐曲和钢琴奏鸣曲，如著名的《命运交响曲》，在这首曲子中你可以深深体会到他与命运斗争的豪情。

　　上帝给了他坎坷的命运，他无法拒绝，但却不代表他屈从，他以顽强的毅力与激昂的斗志牢牢地把命运掌握在自己的手中，活出了精彩的人生！

心得便利贴

　　命运不是人的主人，它只能玩弄屈服于它的人。我们与其沉浸在命运打造的痛苦深渊中，不如无畏而坚毅地与命运搏斗，挣脱它的樊笼，从而做自己的主人，呼吸自由的空气，开创全新的世界。

0.01 秒的奇迹

冰 雪

在 1988 年韩国汉城奥运会上，男子 100 米蝶泳决赛正在如火如荼地进行。

领先的是美国泳坛名将马特·比昂迪，他已经把其他选手抛在身后，正向终点冲刺；观众席上狂热挥动的星条旗也似乎表明，他将是这场比赛的冠军，稳操胜券。

到终点了，比昂迪从水中探出头来，举起双手，想第一个庆祝自己的胜利。但显示屏上还没显示出成绩，整个赛场沉寂了几秒钟。过了一会儿，成绩出来了，一个叫安东尼·内斯蒂的苏里南选手以 0.01 秒的优势战胜比昂迪，获得了男子 100 米蝶泳的冠军！但在比赛之前，根本没人注意过这个来自苏里南的选手，甚至不知道这个国家。

结果为什么会是这样呢？通过慢镜头的回放，可以看出，在冲向终点的一刹那，比昂迪并没有保持蝶泳状态，仅是依靠自

己游动着的身体的惯性，滑到了终点，而几乎就在同一时刻，来自苏里南的选手内斯蒂始终保持蝶泳的最佳姿态冲向终点，以致他差点把头撞到了前面的墙壁。正因为这样，他在最后的关键时刻超过了比昂迪，第一个到达了终点，成为这次比赛的最大冷门。事情不仅如此，内斯蒂夺得金牌不仅震惊了奥运会内外的游泳行家们，也震动了他的国人，苏里南政府宣布全国放假一天，来隆重迎接凯旋的内斯蒂。他是自 1960 年苏里南参加奥运会以来第一位也是唯一一位获得冠军的黑人选手。这次比赛也被人们称之"0.01 秒的奇迹"。

心得便利贴

　　即使是路边石头、夹缝中的一棵小草，也有它生存的权利和意义。很多时候，失败只是因为我们自己的放弃，只要再坚持一下，战胜自己的懦弱，我们就一定会成功。尤其是在最艰难的时候，命运的转机也往往就在那里等待着你。战胜自己，成为生活的强者，你一定会取得成功。

真正的品行

商业竞争日益激烈的
现代社会，有的人只能于慌乱中一败
涂地，有的人却能处变不惊，
大胆地打破思维的"保险栓"，逆流而上，
最终力挽狂澜。

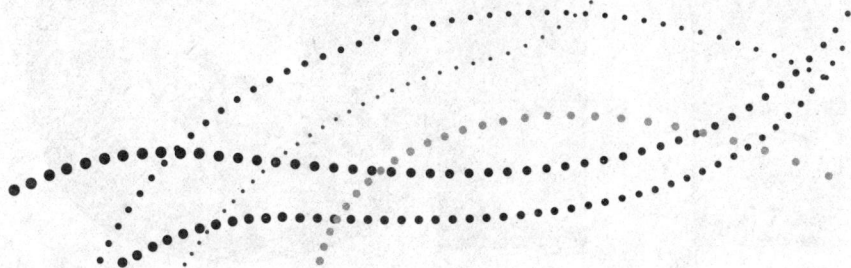

自尊无价

赵倡文

马长辉是一个身高 1.55 米，双腿残疾、靠双拐行走的农村青年。

从农村到城市里闯世界，他没有靠山，没有资本，有的只是一双粗糙有力的大手与简单的修鞋手艺。他在城里的日子越过越艰辛，最后甚至到了食不果腹的地步。

在饥饿的驱使下，他想到了乞讨。因为像他这样的残疾人，在大都市乞讨的比比皆是，没有人会笑话他无能，没有人会嘲讽他不劳而获。可就在他离开修鞋摊，站到墙角，准备去接受别人的施舍时，他似乎从施舍者的眼光里看到了什么，便毅然放弃了乞讨，又重新坐回到修鞋摊前。

他开始琢磨自己生意不景气的原因。他决定学说评书，以此招揽顾客。经过努力，他学说单田芳先生的评书到了惟妙惟肖的地步。有活的

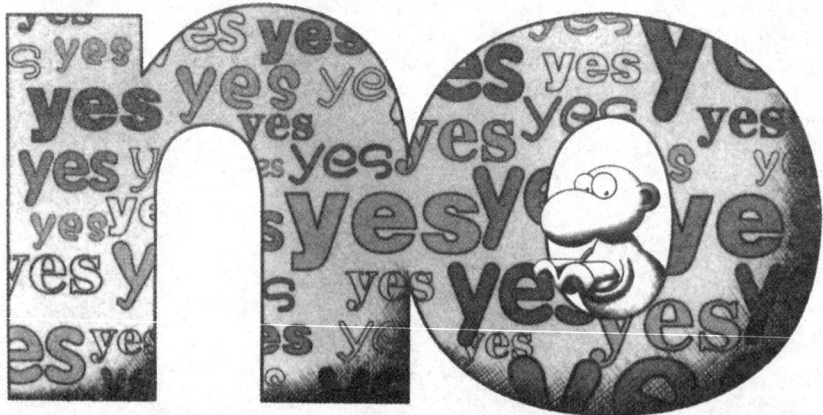

时候，他干活；没活的时候，他就免费为大家说评书。很快，他的人气旺了起来，生意也好了起来。他的修鞋摊成了当地群众休闲的好去处，他也成为当地的一个名人。如今他不但开起了修鞋连锁店，还先后帮助十余名残疾青年及下岗职工开了修鞋铺，许多残疾人以他为偶像，慕名找他学修鞋技术，他成了"沈阳市十大杰出青年"候选人。

在做客中央电视台《小崔说事》栏目时，主持人崔永元问马长辉，当初是什么促使他放弃乞讨，迎来现在的成功，他说："我不能拿自尊换钱。"马长辉的话音刚落，现场的观众都不由得为他热烈地鼓起掌来。

"不能拿自尊换钱"，这就是马长辉令人感动之处，这就是马长辉的成功秘诀，这就是他做人的原则。在他的心里，自尊是无价的。

心得便利贴

自尊无价。自尊是一个人挺起身子，堂堂正正做人的支柱与后盾。一个人如果自己都不尊重自己，那无论做什么事，他都不会快乐，更不会得到别人的尊重。

勤奋人生

安武林

在美国，有一个人在一年之中的每一天里，几乎都做着同一件事：天刚刚亮，他就伏在打字机前，开始一天的写作。这个男人名叫斯蒂芬·金，是国际上著名的恐怖小说大师。

斯蒂芬·金的经历十分坎坷，他曾经穷困潦倒得连电话费都缴不起，电话公司因此而掐断了他的电话线。后来，他成了文学史上著名的恐怖小说大师，整天稿约不断。常常是一部小说还在他的大脑之中酝酿着的时候，出版社高额的定金就支付给了他。如今，他算是世界级的大富翁了。可是，他的每一天，仍然是在勤奋的创作之中度过的。

斯蒂芬·金成功的秘诀很简单，只有两个字：勤奋。一年之中，他只有三天的时间是不写作的。也就是说，他只有三天的休息时间。这三天是：生日、圣诞节、美国独立日（国庆节）。勤奋给他带来的好处是永不枯竭的灵感。学术大师季羡林老先生曾经说过："勤奋出灵感。"

缪斯女神对那些勤奋的人总是格外青睐，她会源源不断地给这些人送去灵感。

斯蒂芬·金和一般的作家有点不同。一般的作家在没有灵感的时候，就去干别的事情，从不逼自己硬写。但斯蒂芬·金在没有什么可写的情况下，每天也要坚持写 5000 字。这是他在早期写作时，他的一个老师传授给他的一条经验，他也是坚持这么做的，这使他终身受益。他说，我从没有过没有灵感的恐慌。

做一个勤奋的人，因为每一天阳光所给的第一个吻肯定是先落在勤奋者的脸颊上的。

心得便利贴 -----------------------

　　人类文明史中的各种发明与创造无不是人们勤奋思考的结果。勤奋的人能够在生活中创造机会，勤奋不仅指学习上的刻苦，更代表了一种积极的进取精神，它为扫除通向成功之路上的荆棘提供了有力武器。

毅力是人生至宝

韶　华

麦当劳的创立者克罗克在他的自传《快乐时光》中有这样一段话：世上没有任何事物可以取代毅力的地位。才华不行，因才华横溢而一事无成的人多如牛毛；天分也不行，因经纶满腹而玩忽职守的人也无以计数。唯独毅力和决心具有通天彻地的能力。

现存世界上最大最纯的天然钻石"自由者"的寻获过程可说是一次毅力的见证。当年，委内瑞拉钻石开采工人索拉诺耗费了几十个月的工夫，在干涸的矿床中捡拾了999999颗石子，但却一无所获。这期间，体力不支者走了，沮丧者走了，"识时务者"也走了，所有的人都放弃了，只有他"咬定青山"，不轻易言退。当他拾起第100万颗石子时，希望向他走来，幸运向他走来，成功向他走来！他欣喜若狂，感慨万千：没有最后一刻的坚持，没有坚韧不拔的毅力，没有奋战到底的信念，这颗美钻就不会属于自己！

成败在此一念间。当我们艳羡别人的美钻时，不妨想一想，自己在寻获人生美钻的过程中，到底付

出了多大决心、多少努力、多少坚持？

有句老话"识时务者为俊杰"，至今仍被不少人奉为圭臬，于是天下攘攘，皆为利往，耐不得寂寞，守不住清贫，搞不清方向，在江湖上东窜西跳，哪里有利哪里去，就是不肯下力气把手头的事做实做好。这样聪明反被聪明误的事我们见得少吗？

每一座山都有顶峰，每一条路都有终点，只要我们看准目标，毅然前行，就一定能到达人生的至境。

心得便利贴

没有顽强的毅力，就拾不到美丽的钻石；没有顽强的毅力，就攀不上成功的顶峰。生命中的困苦多如霜雪，人不妨做一棵青松，傲立于风雪之中。

态度决定高度

刘勇强

在 1989 年，一位年轻人从中山大学毕业，应聘到万宝冰箱厂。工厂付给他当时令人眼红的 400 元月薪。但 3 个月之后，他却放弃这份来之不易的高薪工作，离开单位去中科院攻读硕士学位。

总以为获得硕士文凭之后，他会找一个比万宝冰箱厂薪酬更高的工作，谁知 3 年之后他到了联想公司，得到的工资是 300 元，后来公司给他涨到 400 元。

朋友问他："你读了 3 年书，和在万宝冰箱厂有什么差别？"他笑而不答。

1 年后，他拿着中山大学本科、中科院硕士、在联想工作一年的简历，应聘新加坡第二大多媒体公司，从 30 个中国面试者中脱颖而出，拿到相当于 1 万元人民币的薪酬，开始了为期 6 年的异国打工生活。

在新加坡的日子，他先后在八家软件公司任职，后来还进了有名的飞利浦亚太地区总部。他不断地跳槽，别人根本不明白这个年轻人到底是喜欢钱而跳槽，还是为了跳槽而跳槽。更令人感到不可思议的是，他在公司任职的时候，只要是他承接的业务，即使是几千元新币，用户一旦在使用中出现问题，他也会放下手中的工作火速赶到。而对于其他软件工程师来说，这种软件的价格根本不配享受这样的技术服务。

在新加坡，他认识了一位同行，两个人一拍即合，出资开办了自己的公司。他又一次炒了自己的鱿鱼。那次创业九死一生，许多人认为他不值，有好工作，有好前程，为什么要把自己从浪峰推向谷底。但是，他成功了。他就是朗科公司创始人，享有"中国闪盘之父"的邓国顺。

对于邓国顺的成功，几乎可以用"奇迹"来形容，他一次次把自己推向"绝境"，可每次都从绝境中脱颖而出。但是如果把他的经历串联起来，你就会发现，他一开始的目标就十分明确。他所走的每一步，都是他成功的基石。

在朗科的每个会客室里，都挂着一个镜框，上面写着：成为移动存储和无线数据通信领域的全球依靠者。而包括邓国顺在内的所有朗科员工的工作卡背面，则对应着这样一句话：在成立之初，这就是我们的目标和信念。一个人能飞多高，并非由人的其他因素决定，而是由他自己的态度所制约。二战期间在纳粹集中营中生存下来的维克托·弗兰克尔说："在任何特定的环境中，人们还有一种最后的自由，就是选择自己的态度。"

心得便利贴 ————————————

雄鹰高飞，不是因为天空的高度，而是因为它有一双强健的翅膀。同样，邓国顺的成功，取决于他明确目标，奋斗到底的决心。只要有这样的决心，我们每个人都能演绎出精彩的人生。

要有一颗博大而真诚的爱心

王 飙

哈杰·厄斯金是一个贫穷人家的孩子。一天，一个可怜的老妇人上门乞讨，小哈杰的母亲竟毫不犹豫地将准备晚餐的几个便士全部赠给了这个可怜的老人。当时，哈杰极其不理解，站在门旁用惊讶的眼神看着母亲，喃喃地说："我们今晚吃什么啊？"

母亲抚摸着小哈杰的头说："孩子，我们一天不吃晚饭没有关系，可是这个可怜的女人，如果再拿不到一个便士，就有可能在这个饥寒交迫的夜里死掉了。好孩子，你一定要记住，人要用一颗博大而真诚的心去帮助别人，他人才会得到快乐和心中的安宁。"在母亲的这种一心向善的思想熏陶下，哈杰也在成长的过程中渐渐理解了母亲所说的"博大而真诚的爱心"是什么。

十几年后，哈杰·厄斯金也长成了一个心怀善念的小伙子。

一次，在朋友的化装舞会上，他遇见了一位退役陆军上校的女儿劳拉·默顿。美丽的姑娘很快就被哈杰的英俊与善良所征服，两个年轻人坠入了爱河。但上校却因为哈杰的贫穷而不允许他们结婚。上校告诉哈杰："孩子，当你拥有一万英镑的时候再来找我吧，那时我们再谈你们结婚的事情。"

一万英镑！这对哈杰来说，简直是个天文数字。当时，哈杰的无奈与伤感，让他的朋友们很为他担心。

一次，哈杰到一个画家朋友家去散心，朋友正在画一张乞丐画像。给他做模特儿的是一个老乞丐，弓腰驼背，满脸皱纹，身上穿的衣服破旧不堪，一手拄着粗糙的木棍，一手伸出帽子做讨钱状。哈杰不禁动了侧隐之心，特别是当他听说朋友 1 小时只付给老乞丐 10 便士的报酬时，更是有些不平。他一刻也不想在这样吝啬的朋友家待下去了，于是，他从口袋里摸出自己仅有的 1 英镑，塞到老乞丐的手中，只说声"再见"就转身离开了……

第二天早晨，哈杰正在吃早饭，一个人来见哈杰，他说自己是大富豪古斯塔弗·纳尔丁先生的信使，他把手里的一封信交给哈杰后就告辞了。哈杰满腹狐疑地打开信一看，只见上面写道："给哈杰·厄斯金先生和劳拉·默顿小姐的结婚礼物。一名老乞丐敬上。"信封里还有一张一万英镑的支票……

看着这仿佛从天而降的支票，哈杰立即想到了昨天在朋友家见到的那个老乞丐，难道他就是纳尔丁先生？他立即来到朋友家想问个究竟。朋友告诉哈杰说："你走后，我就把你的爱情经历告诉了那个'老乞

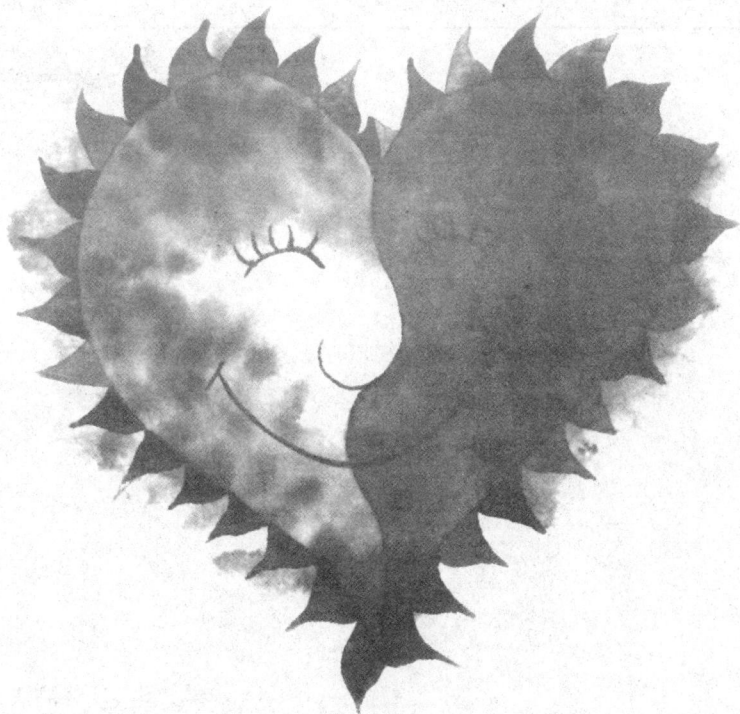

丐'，他就是纳尔丁先生。其实，他来做模特儿，并不是想来挣钱，只是突发奇想，想看看自己如果是个乞丐会是什么样子。特别是当纳尔丁先生知道你正为一万英镑发愁，却又毫不吝啬地把自己仅有的一英镑施舍给他这个'穷人'时，老人感动了，他说：'这样善良的年轻人，完全应该得到他想得到的幸福！'"

心得便利贴

　　真正伟大的爱，是对世间万物，对所有人的爱。这种爱博大而深远，真诚而无私。尤其是自己并不富裕，甚至处境相当困难的人所付出的爱，更是难得，因为那是最真诚的给予，最动人的情谊。这种精神，永远值得我们学习。

真正的品行

唐纳·里克　王后国　译

　　大约 30 多年前，我在纽约的一所公立小学上学。一天，教算术的纳内特·奥尼尔夫人给我们班进行了测验。阅卷结束后，她发现有 12 个男生在考试中的错误几乎一模一样，我也在其中。但没有任何迹象表明我们在考试中作弊了，这可能就是奥尼尔夫人对此事只字不提的原因，她让我们 12 个男孩在课后留下来。奥尼尔夫人没有问任何问题，也没有责备我们，只是在黑板上写下托马斯·麦考利的名言，命令我们在练习本上抄写 100 遍。

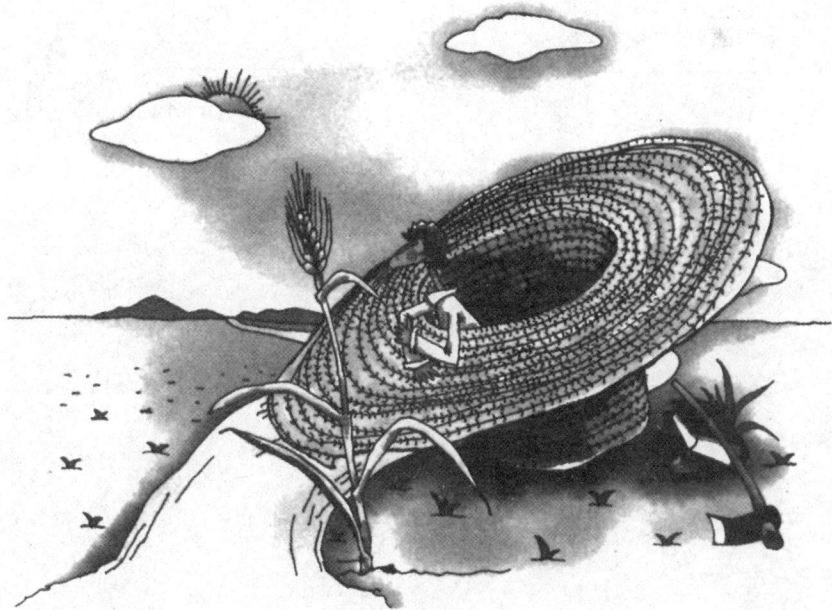

　　我不知道其他 11 个男生是怎么想的。对我来说，这是我一生中最重要的一课。现在，30 多年过去了，这句话依然是我为人处世最好的准绳，它给了我衡量自己而不是他人的方法。在生活中，不会有人请我们作出关系国家和民族的重大决定，但每天我们都得作出很多关于个人的决定。在街上拾到的钱包是放进自己兜里还是交给警察？在商店里多找的零钱是随手塞进自己腰包还是返还给对方？除了你自己，没有人会知道。但是你得作出恰当的决定，因为"衡量一个人品行的真正标准，是看当他知道自己不会被别人发现时他会做什么"。

💡 心得便利贴

　　"衡量一个人品行的真正标准，是看当他知道自己不会被人发现时他会做什么。"的确，人不仅要对别人负责，更要对自己负责，这样才能称之为有责任感，这样才会在夜半无人扪心自问时得到无愧于心的回答。

大度是一种优美的心态

田 风

　　季羡林先生是一个知名度很高的名人，一位学者却在某报上公开说他"自封大师"等等。季老的夫人以及深知季先生的许多知识分子都因此而激愤。季老却毫无怨言，坦坦荡荡地出来开导大家。他说："人家说得对，我本来就不是什么大师。只不过是我运气好，好事都往我这儿流。我就两条，爱国和勤奋。我总觉得自己不行，我是样样通，样样松。"又说："人家说得对的是鼓励，说得不对的是鞭策，都要感谢，都值得思考。即使胡说八道，对人也有好处……"季老高风亮节，虚怀若谷，面对反对者的不尊之辞，坦然相对，泰然处之，更赢得了人们的尊重与爱戴。

1996年，美国总统大选，克林顿获胜，参与竞选的多尔名落孙山。多尔的期望高，落差大。电视节目主持人跟多尔调笑说："克林顿块头大，很肥胖，有136千克重。"多尔说："我从来就不想把他举起来，而只是想打败他。"面对自己的失败，从容而风趣，哪里还有什么尴尬？

我国宋代大文豪苏东坡与佛印禅师是一对好友。一日，佛印说苏东坡"好像一尊佛"，没想到苏东坡却回道："我看你却像一堆粪。"佛印听了，只是笑笑，没说什么。苏东坡问："我说你像一堆粪，你怎么不生气？"佛印说："我应该高兴才对。是佛看人，人才像佛；是粪看人，人才像粪。我怎么会生气呢？"佛印的大度不仅使自己解了围，也使苏东坡有所感悟。

大度是一种优美心态，是一种远见卓识，是潇洒含蓄中的沉雄，是远离尴尬的技巧……

心得便利贴

受人尊敬的人都具备一种宽容大度、虚怀若谷的胸襟，这种胸襟使他们拥有高尚的情操和坦荡的胸怀，不会因别人的指责而气急败坏，而正是这种宽容的心态才使他们获得了更多的帮助和成功。

心常常因细腻而伟大

摩 罗

王开岭在他即将出版的随笔集《激动的舌头》中，引用了赫尔岑回忆录所谈到的一个风俗。赫尔岑满怀深情地说，西伯利亚的一些地方，出于对流放者的关怀，形成这样的风俗：他们夜间在窗台上放些面包、牛奶或清凉饮料"克瓦斯"，如果有流放者夜间逃走路过这里，饥寒交迫，又不敢敲门进屋，就可以随意取食，以渡难关。王开岭接着赞叹道："多么伟大的细心！"

前不久读张光宇的《拉萨的月亮》，才知道拉萨每年过年都有一项内容，那就是到街头布施穷人。穷人成排地站着，众多布施者拿着零钱一路分过去。书中"我"的钱分得差不多了，就专挑看得顺眼的求乞者分，而那些看着不喜欢的人，就被跳过去了。这时，藏族大学生达娃过来将"我"拉到一边，告诫"我"不能这样有所遗漏，这样做会使那些落空的求乞者受到伤害。达娃认真地看着"我"，直到她确信"我"已明白了她的意

思而又没有因此受到伤害，才放心地继续布施去了。

　　我对这段文字惊叹不已。我禁不住批日："细腻的心灵。心常常因细腻而伟大。"在当代的文学作品中，很少读到这么好的文字，因为我们的生活越来越粗糙，我们的心灵当然也只会越来越粗糙，越来越自私和冷漠。

　　为什么细腻本身就常常是伟大的？因为细腻体现了爱心和善良，体现了内在的良知和尊严。

　　一个人关心别人的处境和尊严，必是出于自己内在的尊严体验。

心得便利贴

　　施舍本已是善举，在施舍时细心地考虑到接受者的尊严和心情，就不能不说是伟大了。粗糙的心灵自私而冷漠；细腻的心灵伟大而善良。就像天边的明月，用淡淡的清辉照亮心灵的天堂。

心中有他人

马国福

　　一座煤矿在凌晨突然停电，9名矿工被迫停止作业，他们只得在漆黑的深井中等待。片刻后他们等来的不是光明，而是比停电更可怕的泥石流。汹涌而至的泥石流轰隆隆的涌向他们。本能的求生欲望驱使他们拼命往主巷道跑，慌乱中一名矿工不小心被矿车夹住，动弹不得，另一名矿工陷入一个泥坑。黑暗的矿道里七名矿工停止了奔跑，异口同声地说："不能再跑，救人要紧！"他们使劲地把两名同伴拽了出来，躲过了死神的第一劫。

　　在主巷道50多米处他们又开始了与死神的第二次较量。泥石流滚滚向前随时有淹没他们的可能。跑了一段时间后他们齐心协力用煤块、石块和矿车垒起一道厚厚的墙来阻挡泥石流，然后趁机后退，退到主巷道110米处时，他们找到了通风巷和氧气源。

　　很显然，在这种极度危险的处境下光有氧气远远解救不了他们。因为吃喝是最大的生存问题。矿井中没有任何食物，他们一起商量生路，同时想到了吃树皮。每个人都很疲劳，这样下去不知要等多久，一起出动寻找树皮势必会消耗有限的精力。一个年长的矿工决定分成三组，按时间轮流到不远处扒柳木矿柱的树皮。第一次几名矿工扒来的树皮他们吃了两天。第二次两名矿工使出浑身力气扒出了6根矿柱，然后把树皮扒下来给大家吃。光吃树皮没有水，饥饿和黑暗像猛兽一样威胁着他们，他们的身体越来越虚弱。一个年轻的矿工冒着危险在通风巷附近找到了一个足够他们喝很长时间的水坑，这一喜讯极大地振奋了他们坚持

到底的信念。喝水时他们并没有只顾及自己。由于扒树皮消耗的力气较大，所以年轻的矿工扒树皮给年长的吃，年长的用矿帽舀来水让年轻的喝。在黑暗中有人困顿时，年长的就会给他们讲自己一生当中遭受的磨难，他说："我一生当中经历了多次比这更危险的大风大浪，现在我不是挺过来了吗？人生的路还很长，眼前的危险算得了什么？再坚持坚持，肯定会有人来救我们的。只要有一线希望我们决不能放弃！"长者的鼓励使那些虚弱的矿工信心陡增。他们又开始了新一轮的抗争……

就在他们在黑暗中与死神较劲的同时，外边的营救人员也争分夺秒地想尽一切办法，动用一切力量营救他们。8天8夜后他们得救了。他们创造了生命的奇迹。这是一个真实的故事，就发生在我国西部某省。

这个故事完全可以有两种结局：全部或部分矿工遇难。全部遇难也有两种可能：9 名矿工自私自利只顾自己不顾别人导致全部遇难；大家互敬互爱终因体力不支而全部遇难。他们用团队精神赢得了生命的尊严和希望。

从他们身上我看到了一种人性的光芒，那就是爱，爱自己也爱别人。心中有他人，这种光芒可以穿透任何黑暗的铜墙铁壁；心中无他人，即使你身边有再多的光明，最终也会被黑暗所吞噬。

心得便利贴

汹涌的泥石流像魔鬼般吞噬着矿工们的生命，矿工们不畏艰难的勇气和互助互爱的精神给了自己生的希望。心中有爱，就会不言放弃；心中有爱，就会创造生命的奇迹。

人性的光辉

埃尔达

我很容易动情。有一次基罗夫芭蕾舞团的《天鹅湖》落幕时，我泪如雨下。每次在纪录片中看到罗查·班尼斯达创出"不可能打破"的纪录，不到 4 分钟跑完 1.61 公里时，我就激动得说不出话来。我想，我一看到人们表现人性光辉的一面，便会深深感动，而他们不必是伟大的人物，做的不必是伟大的事。

就拿几年前我和妻子去纽约市朋友家吃饭那个晚上来说吧。当时雨雪交加，我们赶紧朝朋友家的院子走去。我看到一辆汽车从路边开出，前面有一辆车等着倒进那辆车原先的停车位置——这在拥挤的曼哈顿区是千金难求的。可是，他还未及倒车，另一辆车已从后面抢上去，抢占了他想占据的位置。"真缺德！"我心想。

妻子进了朋友的家，我又回到街上，准备教训那个抢位的人，正好，那人还没走。

"嗨！"我说，"这车位是那个人的。"我打手势指着前面那辆车。抢位的人满面怒容，对我虎视眈眈。我感到自己是在路见不平，拔刀相助，对他那副凶相也就不以为然。

"别管闲事！"那人说。"不。"我说，"你知道吗？那人早就等着那个车位了。"话不投机，我们很快吵了起来。不料，抢车位的人自恃体格魁伟，突施冷拳，把我打倒在他的车头上，接着便是两巴掌。我自知不是他的对手，心想前面那个司机一定会来助我一臂之力。令我心碎的却是，他目睹此情此景后，开着汽车一溜烟地跑了。

抢位的人"教训"了我一顿以后，扬长而去。我擦净了脸上的血迹，悻悻地走回朋友家。自己以前是个海军陆战队队员，身为男子汉，我觉得非常丢脸。妻子和朋友见我脸色阴沉，忙问我发生了什么事，我只能编造说是为车位和别人发生了争吵。他们自然知道里面定有蹊跷，也就不再多问。

不久，门铃又响了起来，我以为那个家伙又找上门来了。他是知道我朝这里走来的，而且他也扬言过，还要"收拾"我。我怕他大闹朋友家，于是抢在别人之前去开门。果然，他站在门外，我的心一阵哆嗦。

"我是来道歉的，"他低声说，"我回到家，对自己说，我有什么理由做出这种事来？我很羞愧。我所能告诉你的是，布鲁克林海军船坞将

要关闭，我在那里工作了多年，今天被解雇，我心乱如麻，失去理性，希望你能接受我的道歉。"

事过多年，我仍记住那个抢位的人。我相信，他专程来向我道歉，需要多大的力量和勇气，在他身上，我又一次看到了人性的光辉。

至今我还清楚地记得，那天在他向我告辞时，我又一次情不自禁地泪流满面。

心得便利贴

最美的人生，就是一边走，一边播撒幸福的种子，栽种善良的花朵。关于爱和勇气的花枝，不必高贵，不必茂盛，只要香气扑鼻。

生活公约

亚　萍

　　他善待自己的方式是"如意"，他的生活公约是：过最简单的物质生活，作最丰富的精神思考，用最少的物质需求带来最大的精神财富。

　　他有 10 双同一款式的黑布鞋，有 20 件同一款式的白上衣，有 20 条同一款式的卡其布裤。这些鞋、衣裤全是一模一样的，因为合适、喜欢，碰上了便一次多多地买来，省得再花时间和心思。

　　就是这样一个生活如此简约的人，从 4 岁起就开始画漫画，每天坚持凌晨三四点起床，他用过的纸张堆积起来的高度已无法计算。

　　他有一位恩师，初中时，这位老师面对眼前这个陷入困顿的勤奋而又天赋卓然的青年说："取得完整的学历并不是每个人都必须的，它因人而异，你需要的是尽早找到你自己的路，而不是像其他人一样等到学业完成。"于是，那个暑假，他便只身离家，带着满脑子汹涌的想法，到了一个他向往很久的美丽小镇，静心画画、写作。两周后，他交出的书稿被出版社选中决定出版。那时他 15 岁，等他 20 岁时，已出版两百多本书，平均一本不到 9 天。

　　他有一个数学考过零分

的女儿，他不像其他家长一样责备她，他说因为她其他功课都考满分，这个女儿14岁前就边学习边独立环游了小半个地球。

信守着自己的"公约"，他四十余年专业从事着自己喜欢而拿手的工作，过着如意而幸福的生活。

他就是我们熟悉而喜欢的漫画家蔡志忠，他的作品与他的"公约"都独一无二。

心得便利贴

蔡志忠的"生活公约"是简单的，但能实现这一公约的人却是不简单的。我们每个人都有自己擅长的领域，只要认清自己的长处，从事自己喜欢而拿手的工作，我们的生活也会如意而幸福。

多思有如神助

蒋光宇

1984 年 2 月 9 日，苏联领导人尤里·安德罗波夫逝世。这无疑是个令世人震惊的事情，但更加令各国特别是苏联震惊的是：首先将这条重要消息公布于天下的并不是苏联的新闻单位，而是美国《华盛顿邮报》驻莫斯科的首席记者杜德尔。

这岂不是让苏联太丢面子了？这岂不是成了滑天下之大稽的咄咄怪事？

于是，苏联和许多大国的情报组织纷纷猜测：如此重要的情报，很可能是杜德尔用重金收买苏方高级官员得到的。毫无疑问，苏联以及任何国家，都决不会允许在自己的核心机关内部藏匿着定时炸弹。苏联决心不惜任何代价，非将此事查个水落石出不可。杜德尔却不慌不忙，胸有成竹。

调查的结果完全出乎苏联当局和许多大国情报组织的意料之外：杜德尔并没有采用任何手段，也没有得到

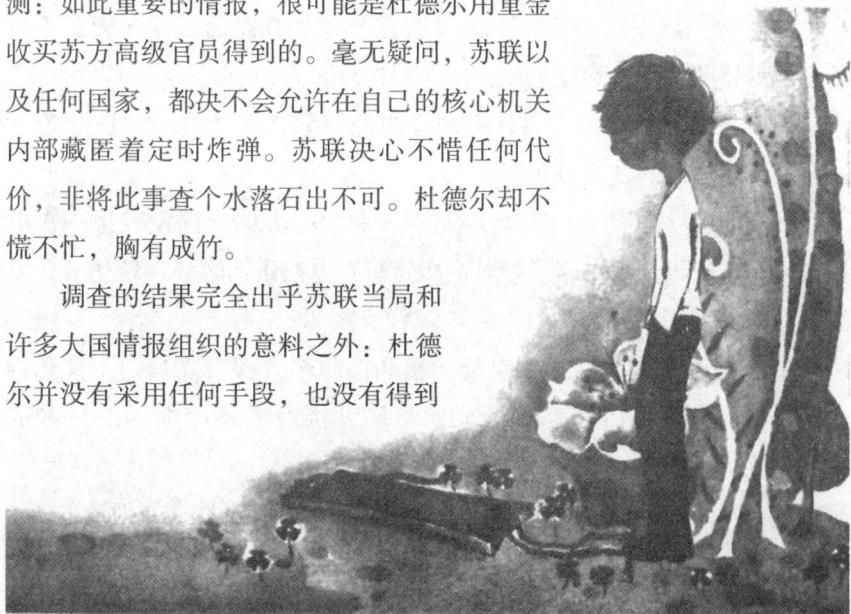

任何苏方高级官员的任何情报，这条重要消息只是他正确分析判断的结果。其主要根据如下：

1. 安德罗波夫已经有 173 天没有在公开场合露面，近几天还不时传出他身体状况不佳的消息。

2. 当天晚间的电视节目，不加说明地将原来的瑞典"阿巴"流行音乐换成了严肃的古典音乐。

3. 苏共新上任的高级官员耶戈尔·利加乔夫向全国发表第一次电视讲话时，破天荒地省略了苏联高级官员在电视讲话时必须转达安德罗波夫问候的程序。

4. 当他驱车通过苏联参谋部大楼和国防部大楼时发现，不仅几百扇窗户与平日不同，都亮着灯光，而且大楼附近还增加了卫兵和巡逻队。

5. 一位知道苏联高级官员活动内情的朋友，没有如期与他通电话。

杜德尔把这些迹象联系起来分析，认为这同 1982 年 11 月 10 日勃列日涅夫逝世时的情景有许多惊人的相似之处。因此，他得出了大胆的令人震惊的准确判断：安德罗波夫已于 1984 年 2 月 9 日逝世。

美国《华盛顿邮报》首先报道安德罗波夫逝世消息的真相大白之后，杜德尔的名声大振，成为舆论界一颗更加耀眼的明星。其中有位评论员对此事发表了评论，其中有这样的话：

"不会思索的人是白痴，不愿思索的人是懒汉，不敢思索的人是奴才。只有敢于和善于思索的人，才能在平凡中发现非凡。只有敢于和善于思索的人，才是出类拔萃的人。多思有如神助。"

心得便利贴

思考让坠地的苹果闪现出智慧的光彩，思考让跳动的壶盖迸发出巨大的能力。头脑的机器一旦运作，平凡中也能遇见非凡。多思有如神助，多思方见精彩。

春天的心

青　秋

早春的一个中午，煦风微送，晴空万里。阳光，正让人有些惊喜地倾泻而下，暖暖地照在每一个人的身上。

公园里，一大片迎春花正在率先辉映着和风暖阳的呼唤，一面夸张地舒展着身姿，一面吐放着鹅黄娇嫩的花朵，把一根根缠绵的枝条尽情地往四下里伸展，向春天的深处伸展。

我忍不住了，就用手里的摄像机，记录这早春的时刻。

不知什么时候，竟拥过来一大帮十几岁的孩子，他们一来到这片迎春花前面，立刻像兴奋的小鸟一样，一下子就钻进了迎春花丛之中。有的使劲嗅着花朵，有的把脸埋进了迎春花的枝条里面，他们完全陶醉了。

冷不丁地，一个男孩子跑到了我面前，对我说道："叔叔，你能不能为我们录一段像？"看到他脸上花苞一样的期待，我点了点头，准备为他们录像。可就在这时，却见一个女孩子走到他面前，小声地说了几句话，随后，就见那个男孩子皱着眉头想了想，又和其他几个孩子悄悄地说了一阵。然后，那个男孩子大声对其他孩子说道："叔叔摄像机里面的电不是很多了，为了能够快些录完，咱们就用一种新颖的方式，围着迎春花跳一圈怎么样？"他的话刚说完，刚才那个女孩子就和另外几个孩子热烈响应起来。于是，那帮十几岁的孩子就排成一队，手牵着手，围着那片迎春花，整齐而有节奏地微微弯下身体、并起双脚跳起来。

我一边给他们摄像，一边就有些纳闷儿：这些孩子怎么了？我并没有跟他们说摄像机里电不多了呀，况且，就算是要快些摄完的话，他们围着迎春花跑一圈就可以了，可为什么要并着双腿跳呢？

当我为那些孩子摄完像，并将录像带交给他们后，他们向我致了谢，一起向公园里别的地方走去。可是，这个时候，我却突然发现他们当中的一个女孩子，走路竟然一跛一跛地。她，是个残疾孩子。

我一下子就明白过来：原来，刚才那些孩子之所以要并起双脚，围着迎春花跳着跑，是为了她，是为了让她和他们一样，在这如画的春天里留下一个完美的记忆。

那一刻，看着那些孩子离去的身影，我忽然感到：其实，这早春里最美的景色并不是那些迎春花，而是这些灿烂纯真的孩子，他们就是这春天的心——就是那轮春天的太阳，明亮、温暖，向四周放射着光芒。

心得便利贴

关爱他人的心就像早春三月绽放的花蕾，装点略带寒意的日子。小女孩的身体虽然有些残疾，但是值得庆幸的是，小伙伴们真挚的爱心为她的春天留下了一段完美的回忆。

小数字带动大道理

史 晟

查尔斯·施瓦布是美国著名的企业家。

他有个下属工厂总是完不成定额，换了好几任厂长也没有效果，于是施瓦布决定亲自处理这件事情。

他问厂长："你怎么把工厂搞成了这样子?"

厂长也很委屈："能用的办法我都用尽了，我劝说过工人们，也骂过他们，连用开除威胁都没有效果!"

施瓦布叹了口气，"那你带我到工厂里看看吧。"

此刻正好是白班工人下班，夜班工人接岗的时候。

施瓦布问一个工人："你们今天一共炼了几炉钢?"

"6炉。"

施瓦布在一块小黑板上写了一个"6"字，然后就回去了。

夜班工人上班后，看到黑板上出现了一个"6"字，十分好奇，忙问门卫是什么意思。

门卫说："施瓦布今天来过这里。他问白班工人炼了多少炉钢，炼了6炉，他便写上一个'6'。"

白班工人上班时，都看到了"6"被改写成了"7"。一位工人大声说道："难道夜班工人比我们强吗?"当他们晚上交班时，黑板上的"7"换成了一个巨大的"10"。

就这样，两班工人竞争起来，这里的产量很快超过了其他厂。

心得便利贴

没有竞争的环境是一潭死水，任何充满活力的生命都会慢慢变得死气沉沉。只有竞争才能引起新的变革，给生命注入力量，让所有参与竞争的生命都展现出最强大的一面，焕发出勃勃生机。

只需改变一点点

宁海燕

一位河南小伙子，在北京三里屯市场卖菜。每月靠勤苦劳作，也能挣一千多元，但尽管干了 5 年，却只能养家糊口。

一次，他发现一位金发碧眼的老外正认真地挑选一些看上去"精致小巧"的菜品，他很奇怪："中国人都喜欢挑选大个头的菜品，而老外为什么偏偏挑选小的呢?"小伙子多了个心眼儿，跟老外聊了起来。原来，东西方饮食观念不同，老外认为小巧的菜品不仅漂亮，而且营养价值高。

了解到这个"秘密"后，小伙子每次进菜都挑同行不喜欢进的小巧菜品。由于他的菜品紧紧抓住了外国客人的喜好，加上三里屯老外很多，他的生意很快就红火起来。

尝到甜头的小伙子牢牢抓住商机，与一些蔬菜批发市场的供货商悄悄签订合同：凡是

小菜品都归他所有。就这样，他在菜市场里做起了"垄断"生意。他的菜品"特色"慢慢地在老外中有了一定的名气。他在市场里租了一个店面，还取了个洋名字"LOU'S SHOP"。随着名气的增大，他认为有老外的地方就应该有"LOU'S SHOP"。他前后在北京市区开了11家连锁店。为了保证最优质的货源，他还在京郊的大兴县买了一块地，建立了自己的蔬菜基地。

他作为"中国卖菜工的第一人"，收到了美国农业部的邀请，远赴美国进行半个月的实地考察，学习美国的农业技术和管理经验。

他叫卢旭东。他总把一句话挂在嘴边：有时成功只需要改变一点点。

心得便利贴

稍微改变一下化学结构，碳就会变成钻石；稍微改变一味药的用量，原本平庸的汤药就会变成起死回生的良药。人生也是如此，有时候，成功只需要在平庸的基础上做一点点改变。

敬　启

本书的编选参阅了一些报刊和著作，由于多种原因我们未能与部分入选文章作者（或译者）取得联系，在此深表歉意。敬请原作者（或译者）见到本书后，及时与我们联系，我们将按国家有关规定支付稿酬并赠送样书。

联系方式
联　系　人：杨老师
电　　　话：18600609599

编委会